Vorwort

Liebe Leserinnen und Leser,

dies ist eine M&M-Bonusstory, die zur Warrior-Lover-Trilogie gehört. Zum besseren Verständnis sollten mindestens die ersten beiden Teile der Trilogie bekannt sein, um der Geschichte und dem Handeln der Figuren folgen zu können.
Darum geht es:
Unsere Welt, wie wir sie kennen, gibt es nicht mehr, alles ist verstrahlt. Neunzig Jahre nach einem Atomkrieg leben die Menschen unter gigantischen Kuppeln und sind einem diktatorischen System ausgeliefert. Um das Volk bei Laune zu halten, gibt es »Brot und Spiele« wie im alten Rom.
Das Regime schickt Elitesoldaten an die Stadtgrenzen, um die Outsider draußen zu halten, denn der Wasservorrat der Kuppelstädte ist begrenzt. Doch nach und nach kommen sowohl die Warrior als auch die Einwohner der Wahrheit auf die Spur: Alles, was man ihnen erzählt hat, ist eine Lüge …

Die Warrior-Lover-Trilogie umfasst die Teile:

Jax – Warrior Lover 1
Crome – Warrior Lover 2
Ice – Warrior Lover 3

Storm – Warrior Lover Bonusstory

Alles Liebe,
Eure Inka

Kapitel 1 – Lebensmüde

Ich bin lebensmüde. Anders kann ich mir nicht erklären, warum ich vor Storms Wohnungstür stehe. Wenn er herausfindet, dass ich für die Rebellen arbeite, dann Gnade mir Gott.

»Okay«, murmele ich, kralle die Finger um die Henkel meiner Arzttasche und hole tief Luft, bevor ich auf den Klingelknopf drücke. Ich fühle mich äußerst unwohl, weil ich mich im Wohnblock der Soldaten befinde. Wieso begebe ich mich auch in die Höhle des Löwen? Ich hätte absagen können.

Verdammt, der Kerl hat mir den Kopf verdreht. So etwas ist mir noch nie passiert, nicht einmal bei Samantha hatte ich solche Schmetterlinge im Bauch. Vielleicht einen winzig kleinen, aber die hier sind groß wie feuerspuckende Drachen, die meinen Magen in Brand setzen.

Als die Wohnungstür aufgeht, schlucke ich schwer. Storm scheint gerade aus der Dusche gekommen zu sein. Er trägt lediglich ein Handtuch um die schmalen Hüften.

»Hi, Mark, endlich!«, begrüßt er mich mit einem strahlenden Lächeln. Er stützt sich am Türrahmen ab und beugt sich vor, sodass sein Gesicht genau auf derselben Höhe wie meines ist.

»Hi«, krächze ich und kann mich an dem athletischen Körper kaum sattsehen. Das macht der Kerl mit Absicht! Damit ich ja seine makellose Gestalt und reichlich nackte Haut bewundern kann. Sie ist ein wenig dunkler als meine und schimmert wie Seide, genau wie sein pechschwarzes Haar, das er zu unzähligen Zöpfchen geflochten hat. Es reicht ihm bis zu den Schultern, und ich würde gerne die Hände darin vergraben.

Am auffälligsten an diesem perfekten Körper sind seine Augen. Ich könnte mich in ihnen verlieren. Das helle Braun mit den dunklen Sprenkeln fasziniert mich. »Wie geht's deinem Bein heute?«

»So la la«, antwortet er grinsend und leckt sich kurz über die Lippen. Sie wirken unglaublich anziehend auf mich. Dieser perfekte Schwung … Nicht hinsehen! Aber wo soll ich hinsehen? An diesem Kerl ist alles verlockend wie eine verbotene Süßigkeit. Er weiß genau, dass er mich durcheinanderbringt, denn sein Grinsen wird breiter. Seit Wochen baggert er mich an, und lange kann ich seinem jugendlichen Charme nicht mehr widerstehen. Ich sollte am besten gehen. Gleich! Doch ich kann nicht. Wie festgewurzelt stehe ich vor der Tür und starre ihn an.

Storm hat sich während der Warrior-Ausbildung den Oberschenkel gebrochen. Beim genaueren Hinsehen erkennt man, dass der Muskel im linken Bein ein wenig schmaler ist. Ich hatte ihn operiert, er lag drei Wochen auf der Krankenstation und ist vor Langweile fast gestorben. Da habe ich ihm auf meinem Tablet-PC das Computerspiel gezeigt, das ich programmiert habe. Programmieren ist neben meinem Beruf als Chirurg mein großes Hobby. Storm war sofort begeistert von dem Denkspiel, bei dem man Kisten verschieben muss, um zum Ausgang zu finden. Mit jedem Level wird es schwerer. So viel Intelligenz hatte ich ihm erst gar nicht zugetraut, doch die Warrior scheinen auf allen Ebenen die besten Gene mitbekommen zu haben.

Ich habe nach meiner Schicht mit ihm gespielt, und später haben wir uns bei mir daheim verabredet. Seitdem sind wir Freunde. Wir treffen uns möglichst heimlich, da das Regime Freundschaften zwischen Warrior und Leuten aus dem Volk nicht gutheißt, daher bin ich als sein Arzt hier. Ich musste dem Pförtner sogar meinen Ausweis zeigen.

Vor Kurzem hat Storm die Ausbildung abgeschlossen und darf sich nun Warrior nennen. Na ja, eigentlich hat er sie frühzeitig beendet, genau wie ein anderer Krieger in seiner Einheit: Nitro. Der Senat brauchte Nachschub. So oder so gefällt mir das nicht, ich sollte unsere Freundschaft abhaken, mich nicht mehr mit dem Mann treffen. Aber das schaffe ich nicht.

»Fühl dich wie zu Hause«, sagt er, stößt sich vom Rahmen ab und winkt mich herein.

Ich folge ihm in die chaotische Bude, wobei ich den Blick nicht von dem Knackpo abwenden kann, über den sich das Handtuch spannt. Storm humpelt nicht, rein gar nichts deutet darauf hin, dass er Schmerzen hat. Trotzdem hockt er sich aufs Bett und deutet auf seinen Oberschenkel. »Kannst du mal nachsehen, ob alles okay ist? Fühlt sich irgendwie komisch an. So hart.«

Ich schlucke. Hart … Als ich sein Bein während der Nachbehandlung massiert habe, wurde etwas ganz anderes hart. Storm hatte einen Steifen, und ich dazu! Da habe ich mich zum ersten Mal gefragt, ob ich auf Männer stehe. Das wird in White City akzeptiert und ist nicht das Problem, aber … Wieso finde ich ausgerechnet Storm anziehend? Erstens ist er neunzehn, also acht Jahre jünger als ich, und ein Warrior. Zweitens verabscheue ich alles, was mit dem Regime zusammenhängt. Am meisten hasse ich die Shows, in denen die Krieger einen Sklaven wählen dürfen, mit dem sie sich die ganze Nacht vergnügen können. Zum Glück wurden die Übertragungen auf unbestimmte Zeit ausgesetzt. Ich würde es nicht aushalten, Storm mit einem anderen Mann zu sehen, und dass er auf Männer steht, hat er mir schon im Krankenhaus erklärt. So nebenbei, als wäre es das Normalste auf der Welt, seinem Arzt derart intime Geheimnisse anzuvertrauen. Erst dachte ich, Storm vertraut sich mir an, weil ich als Doktor zur Diskretion angehalten bin, aber schon bald wurde mir klar, dass andere Absichten dahintersteckten.

»Okay, dann lass mich mal sehen.« Ich stelle die Arzttasche, ohne die ich nie das Haus verlasse, zu ihm auf die Matratze. Mein Sakko werfe ich daneben.

Das Bett ist der einzige Platz im Zimmer, der aufgeräumt erscheint, sonst liegen in der kleinen Bude im vierten Stock überall Anziehsachen oder andere Dinge herum. Storm ist in jeder Beziehung das Gegenteil von mir, vor allem ist er chaotisch. Mein blondes Haar ist nie durcheinander, und ich trage Designeranzüge. Auch sonst ist in meinem Leben alles aufgeräumt, alles an seinem Platz. Dennoch fasziniert mich dieser Mann. Vielleicht, weil ich tief in meinem Inneren ein Rebell bin, ein Querdenker und meine Ordnung nur eine Fassade ist, die ich in diesem Regime aufrechterhalten muss, um zu überleben.

Er mustert mich, während ich eine Salbe aus der Tasche hole.

Räuspernd schlage ich die Ärmel meines Hemdes hoch. »Ihr habt also Ausgehverbot?«

»Ja, und das alles wegen Crome und dieser Sklavin. Nachdem nun der zweite Warrior durchgebrannt ist, geht alles drunter und drüber.« Seufzend legt er sich zurück und verschränkt die Arme im Nacken, wobei sich sein Bizeps beachtlich wölbt. »Jetzt drehen sie alle durch.«

Ich verreibe die Creme in meinen Handflächen, um sie aufzuwärmen, und lege sie an sein Knie. Ich möchte Storm so gerne alles sagen, ihn aufklären. Hätte ich dieses verdammte Video einspielen können, wäre er vielleicht anderer Meinung, was den Senat betrifft. Der Rebellenführer Julius hat in Resur, der Stadt der Outsider, einen Film aufgenommen, um den Menschen in White City zu zeigen, was draußen wirklich passiert und wie das Regime sie alle verarscht. Daher mache ich nur: »Hm.« Doch dann sage ich möglichst unverfänglich: »Schade, dass du diesen Sender-Chip trägst und überwacht wirst. Sonst hätten wir in einer Bar was trinken gehen können.« Weil ich auch so oft ausgehe … Aber ich erzähle das, um Storm aufzurütteln, damit er bemerkt, wie sehr die Staatsoberen sein Leben bestimmen. Im Moment ist er in seiner Wohnung gefangen. Doch es wird schwer werden, gerade die jungen Warrior davon zu überzeugen, dass das Regime sie alle verarscht. Denn junge Menschen sind wegen mangelnder Lebenserfahrung eher regimetreu.

Storm grinst so breit, dass es in meinem Magen wieder prickelt. »Hey, wir können auch bei mir einen draufmachen. Ich habe Alkohol da.«

Ich grinse zurück. »Später, zuerst muss ich einen klaren Kopf haben. Schließlich bin ich hier, um dich zu behandeln.« Ich gleite höher, unter das Tuch, und massiere seinen Oberschenkel. Er steckt voller Kraft und ist vollkommen in Ordnung.

Leise stöhnend schließt Storm die Augen. »Das tut richtig gut.«

Unter seinem Handtuch ist eine deutliche Beule zu erkennen. Ich schlucke trocken, mein Herz rast. »Hast du denn jetzt schon mal Aufbauinjektionen genommen?«

»Nee«, brummt er. »Hab ich noch nie bekommen. Warum?«

»Nur so.« Die Soldaten erhalten das Mittel erst, wenn sie mit der Ausbildung fertig sind und zum ersten Mal bei der Show mitmachen dürfen. Ich bin froh, dass er es nicht bekommen hat, dann muss er nicht durch einen grausamen Entzug. Was mich auch hoffen lässt, dass die Shows noch lange ausfallen. Aber da Storm das Mittel nicht nimmt, bedeutet das, er ist meinetwegen geil.

»Soll ich dir ein Geheimnis verraten?«, fragt er frech.

Räuspernd erwidere ich: »Ja.«

»Ich stelle mir schon die ganze Zeit vor, wie sich deine Hände auf meinem Schwanz anfühlen würden.«

Mein Penis zuckt und ich unterdrücke ein Stöhnen. Wie oft ich mir bereits vorgestellt habe, seine Hände auf mir zu spüren, kann ich nicht sagen.

Meine Finger verharren an seinem Oberschenkel, ich schließe die Augen. Soll ich es wagen? Storm will es und ich … Theoretisch ist er mein Feind.

Als ich die Lider öffne, hat er das Handtuch weggezogen. Nackt liegt er vor mir. Seine Erektion ragt schräg nach oben, und er reibt daran, während er mich mit glühendem Blick mustert.

Ich glaube, heute kann ich ihm nicht mehr widerstehen. Vielleicht sollte ich es tun. Ein Mal. Und ihn danach nie wieder treffen.

»Gefällt dir, was du siehst?«, fragt er rau.

Ich kann bloß nicken. Alles an ihm gefällt mir. Jeder perfekte Zentimeter.

Wie hypnotisiert schaue ich auf den Streifen schmaler Haare, der von seinem Bauchnabel abwärts führt. Storm hat sein Schamhaar gestutzt. An den Hoden hat er es ganz entfernt. Alles wirkt sauber und gepflegt.

Speichel sammelt sich in meinem Mund.

Als könnte er meine Gedanken lesen, fragt er: »Willst du mir einen blasen?«

»Was?«, krächze ich.

»Oder soll ich deinen Schwanz in den Mund nehmen?« Er setzt sich auf und zieht mich neben sich auf die Matratze. »Ich hab ihn noch nie gesehen. Finde ich total unfair.« Schmunzelnd beginnt er, die Knöpfe an meinem Hemd zu öffnen.

Ich kann nichts tun außer dazusitzen und schwer zu atmen. Mein Penis ist längst steinhart und drückt gegen die Hose. Als Storm ihn durch den Stoff streift, keuche ich auf.

Nachdem er den letzten Knopf geöffnet hat, zieht er mir das Hemd herunter und drückt mich aufs Bett. Nur meine Beine hängen raus.

Jetzt fummelt er an meiner Hose herum. »Du bist immer so steif. Mach dich mal locker.«

»Ich bin locker«, erwidere ich heiser und schaue hilflos zu, wie er erst meine Schuhe, dann die Hose auszieht, bis ich genauso nackt bin wie er.

»Du siehst gut aus für einen alten Mann.«

Mein Gesicht glüht, ich grinse unsicher. »Hey, sei mal nicht frech, ich bin nur ein paar Jahre älter, keine Jahrzehnte.«

»Na, du kannst ja noch lächeln.«

Sofort werde ich wieder ernst und räuspere mich. »Storm, ich … hab noch nie was mit einem Mann gehabt.«

Seine Mundwinkel heben sich. »Merke ich überhaupt nicht.«

Er bekommt so süße Grübchen, wenn er grinst. In meinem Magen überschlägt sich ein kleines Männchen und ich fühle mich wie sechzehn, nicht wie ein Erwachsener.

Wir rutschen zurück aufs Bett und schlüpfen unter die Decke. Mein

Kopf sinkt in sein Kissen, das nach ihm duftet.

Passiert das gerade wirklich? Ich, nackt mit ihm in seinem Bett?

Wir liegen da und sehen uns einfach nur an. Ich nehme jedes Detail seines männlichen Gesichtes auf: lange braune Wimpern, Iriden, die wie dunkles Gold schimmern, die gerade Nase, die leicht geöffneten Lippen …

Storm streckt den Arm aus und streichelt über meine Wange. Meine Haut prickelt an den Stellen, die er berührt. Solche Zärtlichkeit hätte ich einem Warrior nicht zugetraut.

Darf ich ihn auch berühren? Warum stelle ich mich so an? Ich tu es einfach und fahre über sein Kinn. Es ist weich, er hat sich frisch rasiert. Sonst trägt er meistens einen Dreitagesbart, der ihn älter aussehen lässt. Im Moment wirkt er verletzlich, fast wie ein Junge. Aber ich darf ihn nicht unterschätzen. Er wurde zum Killer ausgebildet.

Als er näherkommt, unterdrücke ich den Drang, zurückzuweichen, und flüstere: »Ich habe Angst.«

»Wovor?«, fragt er lächelnd.

»Weiß nicht.« Vor dir. Vor dem Regime. Vor dem Gefängnis.

Mit dem Daumen fährt er über meine Unterlippe, sein Atem streift mein Kinn. »Ich habe auch noch nicht viel Praxis, falls dich das beruhigt.«

»Kein bisschen.« Ich lache zittrig. Er hat bestimmt schon mit dem einen oder anderen Waffenbruder erste Erfahrungen gesammelt, während ich bei Null anfange. Offenbar wird es jetzt ernst. »Wer erklärt uns denn, was wir tun sollen?«

»Das finden wir schon heraus«, sagt er und küsst mich.

Zum ersten Mal liegen die Lippen eines Mannes auf meinem Mund, und das fühlt sich überhaupt nicht falsch an. Sie sind weich und warm und knabbern zärtlich an mir. Ich lasse es einfach geschehen und komme ihm mit der Zunge entgegen, teile seine Lippen, und er dringt in meinen Mund ein. Langsam, behutsam, als hätte er Angst, mich zu verjagen.

Als sich unsere Zungenspitzen anstupsen, schießt ein Stromstoß bis in meine Eichel.

Oh Gott, ich könnte fast kommen, nur weil er mich küsst.

Wie gelähmt liege ich da und kann kaum atmen. Bloß genießen, ihn fühlen. *Mich* fühlen, die Reaktionen meines Körpers mit Verwunderung hinnehmen.

Storm beugt sich über mich und streichelt meine Brust, dann wandert seine Hand tiefer. Er gleitet über die Innenseiten meiner Oberschenkel auf meinen Penis zu. Als er ihn fest umschließt, stöhne ich in seinen Mund.

»Fass mich an«, befiehlt er rau, während er mich massiert.

Ich spritze gleich ab, nur weil er mir einen runterholt. Eine fremde Männerhand an meinem Schwanz … Wer hätte gedacht, dass sich das so verteufelt geil anfühlt? »Mach langsam, oder ich …«

Abrupt hält er inne und lächelt. Es ist ein so ehrliches, warmes Lächeln, dass sich mein Magen verkrampft. Er ist mein Feind, ich arbeite gegen ihn, und doch kann ich nicht ohne ihn sein. Im Moment könnte ich mir keinen schöneren Ort vorstellen als seine kleine Bude. Hauptsache, wir sind zusammen.

Vorsichtig berühre ich ihn, zuerst an der Schulter. Ich fahre über sein Schlüsselbein und die Wölbung der Brust. So viel Kraft steckt in diesem Mann … Als ich mit den Fingerspitzen die Konturen seiner Bauchmuskeln nachmale, drückt er zu und schließt meinen Schwanz eng in seiner Faust ein.

Samen sammelt sich in meinem Schaft. Meine Eichel pocht. »Ich …« Oh Gott, ich kann es nicht aussprechen, ich schäme mich. Und doch bin ich erregt wie nie.

Storm mustert mich intensiv und bewegt nur den Daumen. Er lässt ihn auf meiner Kuppe kreisen. Sie ist hochempfindlich und prall und pocht im schnellen Takt meines Herzens.

Wagemutig lege ich die Finger um seinen Penis. Er ist ein wenig dicker und länger als meiner, ansonsten bin ich froh, dass er keine XL-Maße hat. Das würde mir noch mehr Angst einjagen. Die Haut ist zart und wirkt verletzlich, der harte Kern darunter scheint zu pulsieren. Wie bei mir. Er ist ein Mensch mit besonderen Genen, mir ähnlich und doch anders. Besser. Stärker. Ich erschaudere wohlig bei dem Gedanken, er würde mich sanft unterwerfen, einfach das tun, was er möchte. Dann könnte ich spielerisch dagegen ankämpfen, es aber bedingungslos auskosten, ohne schlechtes Gewissen.

Wie verrückt das klingt …

Da ich weiß, wie ich es gerne habe, bewege ich meine Hand auf seiner Erektion mit festem Druck auf und ab.

Jetzt schließt er die Augen und stöhnt an meine Lippen. »Das ist echt gut«, raunt er, während er mich ständig küsst.

Unser Atem rast, wir schwitzen und unsere Hände arbeiten schneller. Seine Küsse sind wie eine Droge, ich kann nicht genug von ihnen haben, muss Storm überall berühren, ihn streicheln und mit allen Sinnen genießen. Während er sanft in meine Unterlippe beißt und einen knurrenden Laut von sich gibt, kitzeln seine schwarzen Zöpfchen mein Gesicht.

»Storm …«, hauche ich. Er hat mich zu sehr gereizt, ich kann den Höhepunkt nicht mehr zurückhalten.

Er sieht mir tief in die Augen, seine Bewegungen werden langsamer. Dabei übt er noch mehr Druck aus und spielt mit dem Daumen an meiner hochsensible Kuppe.

Meine Hand krampft sich um sein Geschlecht. Ich versuche, ihn weiterhin zu massieren, während mein Kopf plötzlich wie in Watte gepackt ist. In meinen Ohren rauscht es, Adrenalin peitscht durch meine Venen. Ich spüre ein Ziehen in meiner Peniswurzel, dann kommt die Erlösung.

Während ich hilflos in Storms Mund stöhne, ergießt sich mein Samen über seine Hand und meinen Bauch. Dabei lässt er nie den Blick von mir.

Wie Elektrizität peitscht der Höhepunkt durch meinen Unterleib und setzt meine Wirbelsäule unter Strom. Meine Hüften zucken, wie von Sinnen stoße ich in seine große, starke Hand.

Ein sanftes Lächeln umspielt seine Lippen, während er meine Reaktionen studiert.

Erst, als sich der letzte Schwall auf meiner Haut verteilt, raunt Storm: »Du bist verdammt sexy, wenn du kommst«, und reißt den Kopf zurück. Der erste Spritzer trifft meine Brust, und Storm stöhnt so laut, dass ich Angst habe, die Nachbarn könnten ihn hören. Dennoch betrachte ich fasziniert seine dunkelrote Eichel, die er mitsamt dem Schaft regelrecht malträtiert. Dick und warm schießt sein Ejakulat hervor.

Seine Bauchmuskeln sind angespannt, Gänsehaut überzieht seinen Körper und er schüttelt sich ein paar Mal, nachdem sein Höhepunkt vorüber ist.

Schwer atmend legt er sich auf mich, wobei es ihn nicht zu stören scheint, dass wir aneinanderkleben. »Mann, war das geil.« Grinsend küsst er mich. »War doch gar nicht so schwer für den Anfang.«

»Es war sehr schön«, sage ich und streiche durch sein geflochtenes Haar.

Blitzschnell dreht er den Kopf, um meine Handfläche zu küssen. Dann steht er auf und zieht mich nach oben. »Jetzt sollten wir das Zeug abwaschen, bevor es festtrocknet.« Er schüttelt sich gespielt und zerrt mich hinter sich her ins Badezimmer.

Ich habe seine muskulösen Pobacken vor Augen. Am liebsten möchte ich dort hineinbeißen.

Kopfschüttelnd folge ich ihm unter die Dampfdusche. Ich hatte gerade Petting mit einem Mann. Einem Warrior! Ich muss wirklich lebensmüde sein.

Hastig wasche ich mich, wobei Storm mir grinsend hilft.

Herrje, er ist so ein sexy Kerl! Meine Knie werden allein beim Anblick seiner Muskeln wieder weich. Doch ich muss gehen. Ich bin bereits zu lange bei ihm.

Nachdem wir alle Spuren unseres Liebesspiels beseitigt haben, verlasse ich die Kabine und rubble mich mit einem weichen Handtuch schnell trocken. Obwohl Storm direkt vor mir steht, wende ich den Blick von ihm ab, um mir den Abschied nicht zu erschweren.

Ich habe oft darüber nachgedacht, White City zu verlassen und in die Outlands zu fliehen. Bloß konnte ich den letzten Schritt nie gehen, und ich weiß auch warum: wegen Storm. Weil ich mein Herz an ihn verloren habe.

Nur jetzt spiele ich mehr auf Risiko denn je. Storm drängt sich unaufhaltsam in mein Leben. Außerdem plagt mich mein Gewissen. Was ich bisher getan habe, war mir egal, weil ich das Regime hasse. Aber Storm hasse ich nicht. Ich belüge ihn, ich gebe seine Informationen an den Feind weiter, und das tut mir weh. Hoffentlich findet er niemals die Wahrheit heraus.

Kapitel 2 – Vertrauensbruch

Als ich von der Toilette in mein Schlafzimmer zurückkomme, setze ich mich behutsam an die Bettkante, um Storm beim Schlafen zuzusehen. Er liegt auf dem Bauch, eine Hand hat er unter seine Brust geschoben, der andere Arm ruht auf seinem Rücken. Ich frage mich, wie er so verdreht schlafen kann.

Überall auf dem weißen Teppichboden sind seine Klamotten verstreut. Die einzigen Farbtupfer neben uns. Ich liebe Weiß, meine Wohnung ist in einem minimalistischen Stil gehalten. Eigentlich trostlos. In diesem Raum stehen nur das Bett und zwei Nachttischchen. Selbst der begehbare Schrank verbirgt sich hinter einer weißen Schiebetür.

Vor dem Fußende erstreckt sich ein riesiges Panoramafenster, das White City bei Nacht zeigt. So scheint es. In Wahrheit ist es ein Bildschirm, der die ganze Wand einnimmt. Auf ihm kann ich auch Filme sehen oder meine Programme schreiben.

Ich stelle mich vor den Screener und mache eine kreisende Handbewegung. Sofort taucht auf ihm ein Menü auf, über das ich den Hintergrund ändern kann. Mir ist jetzt mehr nach Natur.

Eine winzige Kamera erfasst meine Handbewegungen und überträgt sie auf den Schirm. Schon erscheint ein gigantischer Sternenhimmel, als würde ich mich nicht mehr auf der Erde, sondern in einem Raumschiff befinden.

Früher sind die Menschen zum Mond geflogen. Sogar eine Reise zum Mars war geplant – dann kam der Krieg dazwischen.

Wenn die Bomben nie gefallen wären, wo stünde ich heute? Wäre ich ebenfalls Arzt geworden? Ich durfte mir den Beruf nicht aussuchen, das Regime hat ihn anhand meiner Genkonstellation erwählt.

Manchmal habe ich das Gefühl, es gibt in White City mehr Ärzte als Patienten. Im Moment habe ich nicht viel zu tun, da kaum verletzte Warrior eingeliefert werden. Ich sollte glücklich sein, dass die Outsider nicht mehr versuchen in die Stadt zu kommen, seitdem sie selbst für sauberes Trinkwasser sorgen können. Noch vor wenigen Wochen lieferten sich die Menschen aus den Outlands mit unseren Kriegern heftige Gefechte an der Stadtgrenze, dort, wo die Kuppel, unter der wir leben, mit dem Erdboden verankert ist. Sie hält die Strahlung, die kaum noch existent ist, und die Outsider draußen.

Ich bin ein wenig stolz auf mich, denn diese Ruhe ist mein Verdienst. Ich habe das spezielle Teil für die Trinkwasseranlage in Resur besorgt – ein Freund war mir noch etwas schuldig und hat keine Fragen gestellt –, genau wie andere Dinge, zum Beispiel Medikamente, die ich Crome an geheimen Treffpunkten übergeben habe. Da er am unterirdischen See Wache gehalten hat, konnte er von dort aus kleine Waren über ein Wasserrohr nach draußen schmuggeln oder hat sie in der Kanalisation Jax überreicht. Seit Crome ebenfalls in Resur ist, habe ich kaum noch etwas für die Rebellen erledigt. Ich bin froh, dass die Zeit der gefährlichen Besorgungen vorüber ist, dennoch stehe ich mit den Outsidern über Funk in Kontakt, was nicht weniger heikel ist. Falls die Funksprüche abgefangen und lokalisiert werden, bin ich ein toter Mann.

Seit dem Verschwinden der beiden Krieger und deren Sklavinnen geht es in der Stadt drunter und drüber. Der Senat ist in Aufruhr, die Shows wurden auf unbestimmte Zeit ausgesetzt. Diese Sendungen wäre meine Chance gewesen, ein Video einzuspielen, das über das Leben in den Outlands berichtet. Die Bürger von White City haben keine Ahnung, dass das Regime sie für dumm verkauft. Es gibt keine gefährliche Strahlung mehr und die Menschen in den Outlands sind keine Mutanten.

Mit dem Video, das der Rebellenführer Julius Quinn aufgenommen hat, hätte ich die Bevölkerung wachrütteln und sie gegen das Regime aufbringen können. Die Shows werden per Funk übertragen, ich hätte mich einklinken können, doch die Sicherheitsvorkehrungen wurden erhöht, Zugänge mehrfach verschlüsselt. Jetzt kann ich alle Screener nur noch erreichen, wenn ich unter dem Regierungsgebäude den Hauptrechner anzapfe. Dazu bräuchte ich einen erfahrenen Warrior, der mich durch die Kanalisation dorthin bringt. Das Unterfangen ist verdammt riskant, aber das spielt nun keine Rolle mehr. Ich habe den letzten Kontaktmann verloren, Crome ist fort. Und Storm kann ich unmöglich fragen. Er ist jung und engagiert, gibt sein Leben für das Regime. Er würde mich sofort ausliefern. Daher tüftele ich an einem Programm, das die Codes knackt. Es kann allerdings Wochen dauern, bis ich damit fertig bin. Seit Storm fast ständig vor meiner Tür steht, komme ich nicht dazu. Nach den Einsätzen geht er gar nicht mehr in seine Bude, sondern macht es sich hier gemütlich. Er scheint immer zu wissen, wann ich keinen Dienst habe.

Aber umgekehrt wäre es riskanter, wenn ich ihn besuchen würde, denn ein Pförtner notiert sich, wer in den Quartieren der Warrior ein und aus geht.

Seufzend setze ich mich wieder zu ihm aufs Bett. Es ist trotzdem gefährlich, wenn er bei mir ist, für ihn und für mich. Ich will nicht auffallen, den Senat nicht auf unsere Beziehung lenken. Andererseits ist es schön mit ihm und ich genieße jede Sekunde, doch vorletzte Nacht wäre ich beinahe aufgeflogen. Jax hat sich über eine abhörsichere Verbindung auf meinem Tablet-PC gemeldet. Ich habe mich mit dem Computer im Badezimmer verschanzt, in der Hoffnung, dass Storm nichts mitbekommt. Es war ein Notfall, Crome lag im Sterben und ich musste ihnen erklären, wie sie ein Shuttle vom Navi trennen, das sie alle in Sicherheit bringen konnte. Offenbar hatten sie eine Fabrik in die Luft gesprengt und Crome wurde von einem herumfliegenden Teil schwer verletzt. Zum Glück ist er außer Lebensgefahr.

Als ich zurück ins Schlafzimmer kam, lag Storm wie jetzt in meinem Bett: auf dem Bauch und die Glieder verdreht. Der Einsatz war anstrengend gewesen und danach haben wir uns gegenseitig bis zum Höhepunkt gestreichelt. Er ist sofort eingeschlafen. Aber er ist ein Warrior, ein Mensch mit außergewöhnlichen Sinnen. Ich muss etwas unternehmen, damit er nicht mehr zu mir kommt. Nur was? Ich möchte seine Gefühle nicht verletzen. Doch gerade jetzt wird es brenzlig. Die Warrior bereiten sich auf einen Angriff vor. Bald sollen zwei Einheiten in Resur einmarschieren.

Ich fühle mich doppelt schlecht, weil ich streng geheime Informationen von Storm an die Outsider weitergebe. Er verrät sie mir nicht bewusst, aber er vertraut mir so sehr, dass er hin und wieder ein paar Andeutungen fallen lässt.

Ich will doch nur ein Gemetzel verhindern. Die Menschen in Resur wollen keinen Krieg, sie wollen Gerechtigkeit. Und das Wohl aller muss ich über mein eigenes stellen.

Jax und die anderen bereiten einen Plan vor. Ich stehe noch enger mit ihnen in Kontakt als sonst – und das macht mich verdammt nervös.

***

»Hi.« Nachdem ich vom Krankenhaus gekommen bin und meine Haustür aufgesperrt habe, quetscht sich Storm mal wieder grinsend an mir vorbei. Ich merke nie, wie er sich anschleicht. Er hat etwas von einem Raubtier.

Seine Einsatzkleidung ist schmutzig, ebenso sein verschwitztes Gesicht. Trotzdem wirkt es wie immer attraktiv auf mich.

»Hey, Tiger«, begrüße ich ihn. »War eure Einheit in der Kanalisation auf Rebellensuche?« Wenn der Senat wüsste, dass sie dort keine mehr finden werden …

»Ja, und es ist so ekelhaft da unten.« Er zieht sich die schmutzigen Stiefel von den Füßen und schreitet durch meine Wohnung schnurstracks in Richtung Badezimmer. »Und Viecher gibt es da!«, höre ich ihn rufen, während ich uns in der Küche etwas zu trinken einschenke und zwei Fertiggerichte in den Magnetronic stelle. »Behaarte Vierbeiner. Manche mit buschigen Schwänzen und andere …« Grinsend stellt er sich an die offene Tür. »… deren Schwanz so nackt ist wie meiner, nur nicht so sexy.«

Ich lasse beinahe mein Glas fallen, weil ich herzhaft lachen muss. »Du bist so ein Kindskopf.« Splitternackt tanzt er vor mir herum und wackelt mit dem Hintern. Wahrscheinlich hat er seine Kleidung wie immer in meiner Wohnung verstreut, aber das macht mir nichts mehr aus. Jeden Tag verliebe ich mich mehr in diesen chaotischen Kerl.

»Ich habe Hunger. Was gibt es?« Er hockt sich auf die Edelstahlfläche meiner Küchenzeile, doch davon scheuche ich ihn sofort herunter.

»Kein rohes Fleisch auf meiner Arbeitsplatte!«

Schmunzelnd schnüffelt er am Magnetronic, und als die Gerichte gar sind, holt er die Packungen heraus, wobei er sich fast die Finger verbrennt. »Lecker, Hühnchen.« Seine sandfarbenen Augen leuchten in dem schmutzigen Gesicht. »Ich liebe Hühnchen.«

Nackt wie er ist, hockt er sich an den Tisch und hebelt den Deckel von seiner Schale. Ich setze mich gegenüber und komme mir im Anzug ziemlich overdressed vor. Dann verspeisen wir das Fertiggericht und erzählen, was wir erlebt haben. Ich kann nichts Interessantes beitragen, außer dass Mrs. Mothman ihren Bypass gelegt bekam, er berichtet von den skurrilen Begegnungen mit ausgemergelten Katzen und kreischenden Ratten. »Ich schwöre, die hat geschrien wie ein Baby, ich hab direkt Gänsehaut bekommen. Mann, war das gruslig. Ich frage mich, wie die Rebellen da unten leben können. Ich wünschte, wir würden endlich mal welche treffen ...«

Storm langweilt sich. Er ist jung, hat seine Ausbildung beendet und will jetzt zeigen, was er gelernt hat. Er will kämpfen. Sich verausgaben.

Dieser heißblütige Hengst ... Mir wird auch heiß, während ich ihn ausgiebig betrachte. Wenn er die Gabel zwischen die Lippen schiebt und sie ableckt, zieht es bis tief in meinen Bauch. Sein Mund ist voll und weich. Ich liebe es, wenn er mich damit verwöhnt, ihn um meinen Schwanz legt ...

»Hey, hörst du mir überhaupt zu oder bist du mit den Gedanken schon bei der Nachspeise?«

Sein verruchtes Lächeln setzt mit vollends in Flammen. Mein Gesicht brennt, weil er mich ertappt hat.

Ich räuspere mich und starre in meine Schale. »Du liebst Hühnchen, ich liebe Nachtisch.« Gott, habe ich das echt gesagt?

Da springt er auf und läuft aus der Küche. »Nachtisch kommt sofort!«, ruft er, dann vernehme ich das Zischen der Dampfdusche.

Ich rücke meinen angeschwollenen Penis in der Hose zurecht und räume den Tisch ab. Mein Puls rast. Gleich werden wir Sex haben, unsere nackten Körper aneinanderreiben. Obwohl wir uns schon ein paar Mal mit Händen und Zungen erforscht haben, bin ich immer noch aufgeregt wie beim ersten Mal. Weil es mit Storm so intensiv ist. Und weil ich mich eigentlich von ihm fernhalten sollte.

Seit der Senat die Ausgangssperre für die Warrior aufgehoben hat – wahrscheinlich, weil er bemerkt hat, dass es die Krieger gegen sie aufbringt, da sie keine Shows mehr bekommen –, ist er ständig hier. Jax hat mich in der Zeit bereits zwei Mal angefunkt. Ich konnte Storm erklären, dass es ein befreundeter Arzt ist, der meinen Rat braucht, doch was, wenn meine Ausreden auffliegen? Wenn er bemerkt, wie sich meine Pulsfrequenz erhöht, ich zittere und Schweißausbrüche bekomme?

Im Moment vernebelt die Geilheit auf mich seine Sinne, aber wie lange noch?

Er schaltet die Dusche ab und ruft: »Hast du eine Injektionspistole da?«

Stirnrunzelnd gehe ich ins Badezimmer. Nackt steht er mitten im Raum, ein Handtuch um die Hüften geschlungen, und hält eine Ampulle in der Hand.

Scheiße ... Mein Magen möchte das Huhn am liebsten wieder hergeben. »Wieso hast du die bekommen?«, frage ich möglichst beiläufig. »Finden weitere Shows statt?« Das wäre die Chance, endlich das Video einzuspielen, doch wenn ich daran denke, wie er vor laufender Kamera mit einem anderen Mann … Meine Übelkeit nimmt zu.

»Keine Shows«, sagt er, und ich atme auf. »Aber wir haben jetzt alle diese neuen Ampullen erhalten, sogar die Rekruten.«

»Neue?« Ich starre auf den kleinen Glaskolben, den er zwischen den Fingern dreht.

»Ja, die Aufbaupräparate sollen verbessert worden sein, es ist eine neue Rezeptur, die noch mehr Vitamine enthält. Wieso bist du so entsetzt?«

Eine verbesserte Rezeptur? Und alle Warrior sollen das Zeug nehmen? Da stimmt etwas nicht, der Senat handelt nie ohne Hintergedanken. Plötzlich habe ich Angst um meinen Freund. Nachdenken … »Wenn ich dir ein Geheimnis anvertraue, wirst du es für dich behalten?« Mein Puls überschlägt sich. Das, was ich vorhabe, bringt mich in Lebensgefahr!

Ernst sieht er mich an. »Was hast du? Ich spüre deine Aufregung.«

»Du musst wissen, dass mir viel an dir liegt.«

»Was ist denn los?« Plötzlich wirkt er um Jahre älter, sämtliche Leichtigkeit ist aus seiner Miene verschwunden. Er fasst an meine Schultern und runzelt die Stirn. Falten bilden sich auf seiner makellosen Haut. »Du hast mich niemals zuvor so erschrocken angesehen.«

»Ach, es ist nichts Dramatisches«, sage ich, um die Situation zu entschärfen, »aber das neue Mittel ist noch nicht ganz ausgereift und könnte unangenehme Nebenwirkungen haben.«

Seine Augen werden groß. »Welche? Und woher weißt du das?«

»Ich kenne einen Arzt aus der Forschungsabteilung, der den Wirkstoff mitentwickelt hat.« Hoffentlich bemerkt er nicht, dass ich ihn anlüge. »Daher darfst du es auch keinem deiner Brüder erzählen, denn du weißt, was meinem Kollegen sonst passiert.«

Er nickt. »Erzähl endlich!«

»Es könnte deine Libido beeinflussen.« So, jetzt ist es raus. Außerdem will ich nicht, dass er von dem Zeug abhängig wird. Niemand weiß, was es sonst noch für Schäden anrichtet. »Bitte nimm es nicht.«

Sein Mundwinkel verzieht sich zu einem schiefen Lächeln. »Du meinst, ich bekomme dann vielleicht keinen mehr hoch?«

Wohl eher das Gegenteil, denke ich und antworte: »Möglich.«

»Fuck, gut, dass du mir das sagst!« Er lässt mich los und wirft die Ampulle in die Toilette. Ich höre, wie das Glas zersplittert. Verrucht lächelt er mich an. »Du bist wirklich süchtig auf Nachtisch.«

Er glaubt, ich habe ihm das gestanden, weil ich verrückt nach unserem Sex bin. Gut, das ist sogar wahr. »Bitte behalte das trotzdem für dich. Ich könnte ebenfalls in Teufelsküche …«

Mit einem tiefen Kuss bringt er meine Bedenken zum Schweigen. »Ich würde nie etwas tun, das dich gefährdet. Dazu bist du mir zu wichtig.«

Zu wichtig … Diese kleinen Wörter hallen lange in meinem Kopf nach. Er hat ja keine Ahnung, wie sehr sie mich erleichtern. Ich umarme ihn und streiche über seinen leicht feuchten Rücken nach unten, um meine Hände auf seinen Hintern zu legen.

Storm reißt sich das Handtuch ab und hilft mir aus meinem Anzug. »Du bist immer so ruhig und zurückhaltend. Aber jetzt weiß ich, dass du dich nach mehr sehnst. Nach wildem, heißen Sex.«

»So?« Ich schlucke hart, während er mein Hemd aufknöpft. »Wie kommst du darauf?« Bisher sind wir über Petting nicht hinausgekommen, doch das hat mich nie gestört.

»Als du von der Show gesprochen hast, hat etwas in deinen Augen geflackert. Etwas Düsteres.« Er reißt mir das Hemd vom Körper und saugt eine meiner Brustwarzen ein.

Ich keuche auf, als seine Zungenspitze über meinen empfindlichen Nippel flattert. »Ich wäre furchtbar eifersüchtig, dich mit einem anderen zu sehen.«

Er nestelt an meiner Hose, um mein hartes Geschlecht hervorzuholen. »Hm, ich glaube eher, du würdest gern mein Sklave sein.« Er umfasst meinen nackten Penis und drückt zu.

Mein Atem geht schwerer, glühende Lust rast durch meinen Schwanz und setzt jede Körperzelle in Flammen. »Darüber macht man keine Witze.« Storm muss doch wissen, wie es Sklaven ergeht. Schließlich wurden die Shows erst vor Kurzem ausgesetzt. Die Warrior brüsten sich bestimmt untereinander mit ihren »Eroberungen«.

Ich steige aus meiner Hose, während er meine Erektion in der Hand hält. »Sklaven sind nichts wert. Ihr dürft alles mit ihnen machen.« Sie vergewaltigen, foltern und mit Sondergenehmigung sogar töten.

»Ich weiß, wie es Sklaven ergeht, und dieses Schicksal wünsche ich dir nie.« Für den Bruchteil einer Sekunde huscht ein Schatten über sein Gesicht. »Aber ich würde zu gerne einmal mit dir tun, was ich möchte. Ich fände es geil, wenn du mein persönlicher Lustsklave wärst.«

Als ich nackt vor ihm stehe, drängt er mich ins düstere Wohnzimmer vor den Kamin, der die einzige Lichtquelle ist. Ein Feuerimitat flackert darin, eine Heizung verbreitet Wärme. Davor ist ein schwarzes Fell aus künstlichen Haaren ausgebreitet. Der einzige dunkle Fleck in meinem hellen Zimmer.

»Leg dich hier hin«, befiehlt er mir.

Gehorsam strecke ich mich auf dem Kunstfell aus, neugierig, was mich erwartet.

Storm geht zu einem der drei hohen Fenster, vor denen die automatischen Jalousien bereits geschlossen sind, und zieht einen langen weißen Dekoschal von der Stange.

Ich stütze mich auf den Ellbogen ab. »Hey, zerlegst du jetzt meine Wohnung?«

Er lächelt wie ein Warrior in der Show, der eben einen Sklaven erwählt hat, während er sich neben mich kniet. »Den leihe ich mir nur aus.« Er drückt mich zurück aufs Fell und bindet meine Hände an den Gelenken zusammen. Dann muss ich die Arme über den Kopf strecken, damit er mich an das schmiedeeiserne Kamingitter fesseln kann.

Mein Herz rast. Mir ist nicht wohl bei dem Gedanken, ihm wehrlos ausgeliefert zu sein. Ich kenne seine Fantasien nicht. Was ist, wenn sie brutal und pervers sind? Nein, so ist er nicht. Er mag zwar ein wenig chaotisch sein, aber er ist kein Sadist. Bisher habe ich diese Seite zumindest nicht an ihm entdecken können.

»Hab keine Angst.« Zärtlich küsst er meine Nasenspitze. »Ich möchte bloß etwas ausprobieren.«

»Was?«, flüstere ich. Meine Erektion ist fast verschwunden, aber als Storm einen Kuss auf meine Eichel haucht, pumpt wieder mehr Blut in meinen Schwanz und er zuckt ihm entgegen.

»Ich will sehen, wie weit ich bei dir gehen kann. Wie sehr du mir vertraust.«

Ich zittere – vor Lust und Angst gleichermaßen. Wird er mit mir schlafen? Ich weiß nicht, ob ich dazu schon bereit bin, obwohl ich es mir oft ausgemalt habe. Ihn in mir zu spüren, mit ihm verbunden zu sein …

Er beginnt, mich sanft zu streicheln, wobei er mich konzentriert ansieht, als wolle er jede meiner Reaktionen studieren.

Er massiert meine Brust, lässt die Handfläche auf meinem Bauch kreisen und knetet meine Oberschenkel. »Pst, lass dich einfach fallen.«

Keuchend schließe ich die Augen. Ich bin ein Rebell. Was würde er tun, wenn er das wüsste? Wenn er das jetzt erfahren würde?

Nicht daran denken. Ich bin ein braver Arzt, der von einem Warrior lustvoll verwöhnt wird.

Als ich die Augen öffne, scheinen seine Iriden durch das Feuer orange zu glühen. Mit seinen wilden Zöpfen sieht er aus wie ein Vampirkrieger. Gefährlich und unheimlich, aber dennoch auf eine gewisse Art anziehend, als würde mich sein Blick hypnotisieren.

Er packt meinen Penis an der Wurzel, zieht die Vorhaut zurück und versenkt meine Länge in seinem Mund.

Ein langes Stöhnen verlässt meine Kehle, während ich den Rücken durchbiege und den Kopf zurücklege. Storm hat mich tief aufgenommen. Eng und heiß umschließt mich sein feuchtes Inneres; zart saugt er an mir und lässt seine Zunge spielen.

Elektrisierende Lust rast durch meinen Schoß und verteilt sich in meinem Bauch. Hitze breitet sich in mir aus, mehr Blut pumpt in mein Geschlecht, meine Hoden ziehen sich zusammen. Storm kitzelt sie mit den Fingerspitzen, drückt sie vorsichtig und massiert sie sanft.

Gott, diese Reize ertrage ich nicht länger. Kurz bevor ich komme, zieht er sich zurück und grinst mich an. »So schnell ist das Vergnügen nicht vorbei. Jetzt bin ich dran.«

Er kriecht über mich und hält mir seine Erektion an die Lippen. »Lecken«, befiehlt er rau.

Wie von selbst stößt meine Zunge hervor und flattert über seine pralle Eichel. Ich liebe diese zarte Haut, die glatte Beschaffenheit und die salzigen Tropfen, die aus dem Schlitz perlen. Als ich meine Zungenspitze hineinbohre, stöhnt Storm auf und drängt seinen Penis in meinen Mund. »Du willst mehr? Kannst du bekommen.«

Er drückt sich tiefer hinein, und ich atme hektisch durch die Nase. Seine Dominanz macht mich an. Verdammt, und wie sie mich erregt. Obwohl er meinen Schwanz gerade ignoriert, zuckt er ununterbrochen und verliert Unmengen an Lusttropfen.

Ich fühle mich ihm ausgeliefert, wie er sich an mir bedient, und doch zeige ich ihm gerne, was ich kann. Ich gebe mir Mühe, es gut zu machen, und setze meine Zunge ein, genau wie er bei mir zuvor.

»Oh, du bist klasse«, sagt er keuchend und zieht sich zurück. Sein Penis glänzt von meinem Speichel. »Jetzt können wir einen Schritt weitergehen.«

Ich hebe den Kopf und mein Puls rast, als er sich zwischen meine Beine hockt und sie an den Kniekehlen an meinen Bauch drückt.

»Was … wird das?«, frage ich zitternd. Himmel, er wird doch nicht … »Storm …« Meine Stimme ist nur noch ein Hauch.

»Keine Angst, Süßer, entspanne dich einfach.« Er beugt sich zu meinem Geschlecht und widmet sich meinen Hoden, leckt sie, gleitet mit der Zunge tiefer und streicht über meinen Damm.

In dieser Region war er niemals zuvor. Und er gleitet unaufhaltsam tiefer, bis seine Zunge über meinen Anus streicht. Storm benetzt ihn ausgiebig mit seinem Speichel und leckt mich stöhnend aus, während er immer noch meine Beine festhält.

»Du duftest himmlisch«, raunt er zwischen meinen Pobacken. »Wenn ich früher gewusst hätte, wie gut du schmeckst …« Seine Zunge stößt zu, drängt sich an meinen Schließmuskel.

Gott, ist das schön! Obwohl es mir peinlich ist, dass er diese intime Stelle ausgiebig verwöhnt, schwebe ich in einem glühenden Lustnebel.

»Mach dich locker, dann wirst du es genießen.« Er kommt wieder über mich, aber sobald er meine Beine loslässt und versucht, sich an meinen Anus zu drängen, versteife ich mich. Aus Angst vor Schmerzen, Angst vor seine Länge? Oder fürchte ich mich davor, die Kontrolle zu verlieren? Ich kann mich Storm nicht völlig Hingeben, etwas blockiert mich.

»Scht … Süßer«, murmelt er an meinen Lippen. »Wieso hast du solche Angst?«

»Ich glaube, dazu bin ich noch nicht bereit.« Ich zerre an den Fesseln, aber sie geben nicht nach. Mein Herz donnert gegen meine Rippen, Schweiß bildet sich auf meiner Stirn.

Storm reibt seinen muskulösen Körper auf mir, dann gleitet eine Hand zwischen uns, umschließt unsere Erektionen und drückt sie gegeneinander. Was für ein irres Gefühl!

Aber er ist ein Warrior, mein Feind! Ich bekomme das nicht aus dem Kopf und das blockiert mich.

Ich versuche mich zu entspannen und die Massage zu genießen. Storm küsst mich, lässt die Lippen über mein Kinn wandern, saugt an meinen Brustwarzen. Erneut macht er sich auf in tiefere Gefilde, aber diesmal ist es sein Finger, der gegen meine Pforte drückt.

Sofort kneife ich sie zusammen.

»Du vertraust mir nicht.« Er klingt enttäuscht, und mein Herz verkrampft sich.

»Doch, nur … das ist alles noch so neu.«

Auf allen vieren kommt er über mich und fährt mit den Fingern in mein Haar. »Für mich auch. Aber ich vertraue dir vollkommen.« Er küsst mich so zärtlich, dass ich vor Lust fast zerfließe. Ich hebe mein Becken, um mich an seinem Unterleib zu reiben. Unsere Erektionen stoßen aneinander, seine Brusthaare kitzeln mich. Er ist solch ein sexy Kerl und rücksichtsvoll dazu – ich glaube, ich könnte es versuchen.

Gerade, als ich ihm das sagen möchte, bindet er mich los.

Entschlossenheit spiegelt sich in seinen Pupillen. »Ich will es dir beweisen.«

»Was?«, frage ich und setze mich auf, froh, frei zu sein, aber auch ein wenig enttäuscht über mich selbst, dass ich mich Storm nicht völlig habe hingeben können.

»Ich will dir beweisen, dass ich dir vertraue.« Er kniet sich neben mich und stützt sich auf den Ellbogen ab. Sein knackiger Hintern drückt sich mir entgegen. Ich sehe seinen Damm, die schweren Hoden … alles. Ich schlucke, Speichel sammelt sich in meinem Mund.

Storm lugt über seine Schulter. »Fick mich, Mark.«

»Was … Wie …« Kurz kneife ich die Lider zusammen. Hab ich mich verhört?

Er zwinkert. »Du bist doch Arzt, und die männlichen Anatomie ist dir geläufig, oder?«

Sein Vertrauensbeweis trifft mich wie ein Orkan.

Meine Hände zittern, als ich mich hinter ihn hocke und sie an seine Pobacken lege. Vor Aufregung bekomme ich kaum Luft. Ich soll mit ihm schlafen? Ein Warrior bietet sich mir an? Ich muss träumen …

Langsam beuge ich mich vor, um Küsse auf seinem Steiß zu verteilen. Ich muss ihn vorbereiten, damit es uns Spaß macht. Wir brauchen Gleitgel und …

»Grüble nicht so viel«, höre ich ihn sagen. »Tu es einfach.«

»Okay …« Ich lasse meine Zunge zwischen seine Backen gleiten, lecke ihn dort, schmecke ihn. Ein herber, erregender Duft fesselt meine Sinne.

Mit einer Hand massiere ich seinen harten Schwanz, mit der anderen knete ich eine muskulöse Backe. Wenn der Kerl wüsste, wie heiß er mich macht! An ihm ist alles knackig und perfekt. Und er nimmt Rücksicht auf mich.

Ein scharfer Reuestich fährt in mein Herz. Er offenbart mir Körper und Seele, während ich … Meine Gewissensbisse verblassen, als er stöhnt und in meiner Hand zuckt.

»Wenn du meinen Schwanz noch länger wichst, komme ich, bevor du in mir bist.«

Schnell lasse ich ihn los und widme mich nur noch dem zuckenden Muskel mit der zartrosa Öffnung. Ich lecke ihn, bis er feucht genug ist, und gebe Speichel auf meine Handfläche, um ihn auf meinem Schaft zu verteilen.

Storm schaut über die Schulter zu. »Das sieht richtig versaut aus«, raunt er. »Du machst mich geil, wenn du dich gehen lässt.« Seine Augen glänzen erwartungsvoll.

Ich halte meine Erektion fest, presse meine Kuppe an seinen Eingang und gebe mehr Druck hinzu, bis sich sein Muskel öffnet und mich hineinlässt.

Beide stöhnen wir gleichzeitig auf.

Gott, er ist so eng und heiß! Wie eine samtige Faust schließt er mich ein, und ich könnte bereits kommen. Aber ich beherrsche mich, weil ich will, dass wir den Gipfel gemeinsam erklimmen.

In ihm zu sein ist … ich kann es kaum beschreiben. Ich fühle eine übermächtige Verbundenheit. Als ob wir füreinander bestimmt wären. Mit Storm zu schlafen ist das intensivste Erlebnis, das ich jemals hatte. Die starken Gefühle für diesen Mann, den ich eigentlich nicht lieben darf, überwältigen mich.

Ich küsse, lecke und beiße seinen Rücken, möchte ihn schmecken, spüren und riechen. Ich könnte ihn auffressen, so sehr begehre ich ihn.

In diesem Moment bin ich eins mit ihm und im Einklang mit mir.

Tränen verschleiern meine Sicht, schnell zwinkere ich sie weg. Gott, ich will, dass unsere Beziehung niemals endet. Ich will das noch tausend Mal erleben, mich jeden Tag in Storm verlieren, ihn lieben, alles andere um mich herum vergessen.

Ich spiele mit dem Feuer, das Risiko ist hoch, aber ich möchte das, was ich mit ihm habe, nie wieder hergeben.

»Ich will, dass du in mir kommst, Mark. Fick mich richtig …« Ein Stöhnen unterbricht seine Worte. »Hart!«

Ich stoße zu und greife um seine Hüfte, damit ich ihn zusätzlich mit der Hand stimulieren kann.

Er wirft den Kopf zurück, drückt sich mir entgegen. »Fuck, ja!«

Während es warm über meine Finger läuft, kann auch ich mich nicht mehr zurückhalten. Mein Höhepunkt ist wie eine Explosion, sein enges Inneres massiert mich, die spasmischen Zuckungen wollen nicht enden. Ich sehe Sterne, ich schwebe … und ich weiß, ich bin verloren. Nach diesem Abend habe ich keine Kraft, keinen Willen mehr, unsere Beziehung zu beenden.

***

Nach unserem Liebesspiel haben wir noch lange gekuschelt und über alles Mögliche geredet, über den leidenschaftlichen Sex und alltägliche Dinge. Leider habe ich erfahren, dass Storm und sämtliche Einheiten am nächsten Tag die Stadt sichern müssen, und zwar eher als es in der öffentlichen Bekanntmachung verkündet wurde. Veronica Murano, die Tochter eines Senators, wird eine Rede halten. Danach soll sie White City verlassen, wird gemunkelt, denn ein außerplanmäßiger Shuttle-Start musste genehmigt werden.

Verdammt, die Senatoren haben den Termin verschoben! Vielleicht, weil sie Resur schon früher angreifen wollen?

Jax und seine Rebellentruppe wollten die junge Frau nach der öffentlichen Rede entführen, um den Einmarsch der Armeen zu verhindern und eine friedliche Lösung zu finden.

Wenn Veronica nicht mehr da ist, werden all unsere Pläne nichtig! Die Warrior werden die Stadt der Outsider angreifen, viele Unschuldige werden sterben.

Samantha – sie lebt auch dort! Mit meiner ehemaligen Kollegin hatte ich für ein paar Monate eine liebe- und respektvolle Beziehung. Damals war ich mir meiner wahren Neigung noch nicht bewusst, habe aber instinktiv gespürt, dass sie nicht der Mensch ist, mit dem ich mein restliches Leben verbringen möchte. Allerdings schätze ich sie als Freundin sehr und darf nicht zulassen, dass ihr etwas passiert. Ich muss dringend Jax kontaktieren.

»Vermisst du eigentlich deine Freunde nicht?«, frage ich Storm und male mit dem Finger kreise auf seinen Rücken. Vielleicht gelingt es mir, ihn auf sein anderes Leben aufmerksam zu machen, damit er sich mal wieder mit anderen Leuten umgibt als mit mir. Wenigstens heute.

»Kein bisschen«, antwortet er schlaftrunken.

Meine Möglichkeiten, die Outsider zu warnen, stehen gerade schlecht. »Aber du hast doch Freunde?«

»Keine nennenswerten.« Gähnend dreht er sich auf den Rücken. »Nicht mehr.«

»Was heißt das?« Er macht mich neugierig.

»Ich habe mich nur mit einem Soldaten richtig gut verstanden. Wir hingen während der Ausbildung ständig miteinander ab und kamen danach beide in dieselbe Einheit. Doch er ist spurlos verschwunden.«

»Wie … verschwunden. Wie war sein Name?«

»Nitro.«

Ich weiß, dass Jax und Crome ihn mitgenommen haben, als die zwei mit Cromes Sklavin aus der Kanalisation flohen und der junge Krieger ihnen in die Quere kam. Aber das kann ich Storm nicht sagen. Ich hasse die vielen Geheimnisse, die zwischen uns stehen. »Denkst du, er ist übergelaufen?«

Er schnaubt verächtlich. »Scheint so, wir haben lediglich seinen Senderchip gefunden. Daher kann er mir gestohlen bleiben. Toller Freund, hat mir nur was vorgespielt. Ich frag mich ohnehin, was ich an dem mal gefunden habe.«

Ich zucke leicht zusammen. Schließlich spiele ich ihm auch etwas vor. Bis auf meine Gefühle für ihn. Die sind echt. »Klingt, als wärst du in Nitro verschossen gewesen.«

Storm grinst frech. »Und wie. Nur hatte er keinerlei Interesse an mir. Und alle anderen in meiner Gruppe haben bloß Frauen im Kopf. Daher bin ich ja so gerne bei dir. Endlich habe ich jemanden gefunden, mit dem ich

Spaß haben kann, den meine Unordnung nicht stört und der mit mir Computerspiele zockt.«

»So, Spaß nennst du das?«, frage ich süffisant und habe eine Idee. Ich lasse meine Hand an seinem Bauch hinabwandern und umschließe seinen halb erregten Schaft. Ich will ihn noch einmal verwöhnen, damit er bald tief und fest schläft.

***

Ich konnte kaum schlafen, da mich die aufregenden Neuigkeiten wachgehalten haben. Daher krieche ich frühmorgens aus dem Bett. Die Stadt ist noch nicht erwacht und Storm schlummert auch friedlich – wie immer total verdreht. An der Zimmertür schlüpfe ich in meine Shorts, die neben seinen Sachen auf dem Boden liegen, und drehe mich noch einmal zu ihm um, um mich zu vergewissern, dass er mein Verschwinden nicht bemerkt. Bei seinem Anblick seufze ich leise. Ich kann es kaum erwarten, mich wieder an ihn zu kuscheln.

Im Wohnzimmer flackert noch der künstliche Kamin. Ich habe vergessen, ihn auszuschalten. Er spendet warmes Licht und verscheucht das kalte Weiß. Plötzlich habe ich Lust, die Räume in bunten Farben zu streichen. Ich glaube, das werde ich machen.

Auf dem Glastisch liegt mein Tablet-PC. Ich schnappe ihn mir und tapse ins Badezimmer. Vorsichtig schließe ich die Tür und drehe ihr den Rücken zu, dann setze ich mich auf den flauschigen Teppich vor das mattierte Fenster. Es lässt das sanfte Licht der Kuppel in den Raum, die die Lichter der Stadt reflektiert. In White City wird es niemals richtig dunkel.

Hastig wähle ich über eine sichere Verbindung Jax in Resur an.

»Hey, Mann, was gibt es so früh?« Jax sieht zerknittert aus und scheint im Bett zu sitzen, doch er wirkt sofort hellwach. Er fährt sich durch sein schwarzes Haar, seine blauen Augen sind konzentriert auf das Display seines Tablets gerichtet. Ich hatte Crome einen PC mitgegeben, den er Jax in der Kanalisation überreicht hat.

»Die Rede wurde zwei Stunden vorverlegt. Ihr müsst eher kommen. Angeblich wird Veronica auch sprechen, danach wird sie ausgeflogen. Hörst du, Jax? Die Entführung verschiebt sich, aber die Rede findet nach wie vor am großen Platz vor dem Shuttle-Tower statt.«

Er nickt, das Bild flackert. Die Übertragung ist instabil, da sie x-fach verschlüsselt ist. Doch das Wichtigste habe ich gesagt. Jax ist gewarnt, und ich kann zurück zu Storm.

Als ich hinter mir ein Knacken höre, beende ich hastig das Gespräch. Meine Nackenhaare stellen sich auf, heiß und schmerzhaft ballt sich mein Magen zusammen, ich bekomme kaum Luft. Ich traue mich nicht, über die Schulter zu sehen. Ich weiß, dass er dort steht. Ich spüre es beinahe körperlich.

Still betend, dass er mich nicht tötet und mir zuhören wird, schließe ich die Augen. »Bitte, lass mich erklä…«

Plötzlich werde ich zu Boden gerissen und auf den Rücken geworfen, nur der weiche Teppich dämpft den harten Aufprall ein wenig. Der PC fliegt aus meiner Hand und knallt auf die Fliesen.

Storm setzt sich auf mich und nagelt meine Hände an den Handgelenken neben meinem Kopf fest. »Du Verräter!« Seine Miene wirkt schmerzverzerrt. Er fletscht die Zähne, seine Kiefermuskeln sind angespannt, die Lider zusammengekniffen. »Du bist ein Rebell!«

»Lass mich erklären, bitte!« Rasende Panik schnürt meine Kehle zu. Storms helle Iriden funkeln wütend, sein nackter Körper strahlt eine tödliche Hitze aus.

Da lässt er einen meiner Arme los, seine kräftigen Finger legen sich an meinen Hals und drücken zu.

»Bitte!«, flehe ich und packe seinen Unterarm, aber er lockert den Griff nicht. Noch bekomme ich Luft, es ist nur eine Warnung. Er müsste lediglich einen Bruchteil seiner Kraft anwenden, um meinen Kehlkopf zu zerquetschen.

Er beugt sich weit über mich, bis seine Nase bloß Zentimeter von meiner entfernt ist. »Du bist ein Rebell!« Seine Augen füllen sich mit Tränen. Sie tropfen in mein Gesicht und brennen sich wie Säure durch die Haut in mein Herz.

»Rebellenschwein«, knurrt er und zieht geräuschvoll die Nase hoch. »Du warst nur mit mir zusammen, um mich auszuhorchen!«

Ich habe ihn zutiefst verletzt, sein Vertrauen missbraucht. »Storm, bitte …«

»Ich war so blind, habe wirklich gedacht, dass du mich …« Seine Stimme bricht, seine Finger ziehen sich fester um meine Kehle. Dem traurigen Ausdruck in seinen Augen weicht Entschlossenheit, doch seine Tränen versiegen nicht. »Was haben die Rebellen geplant? Werden sie White City angreifen? Was haben sie mit Muranos Tochter vor?«

Ich kann ihm nichts von den Plänen verraten, oder unser Vorhaben wäre umsonst, der Krieg wäre nicht aufzuhalten. Wie sehr ich mir wünschte, ihm alles gestehen zu können. »Denk an das, was wir hatten«, flüstere ich und merke erst jetzt, dass sich meine Tränen mit seinen mischen.

Er schnaubt sarkastisch. »Daran denke ich die ganze Zeit! Du hast mich verarscht.«

»Meine Gefühle für dich waren nicht gespielt. Was hätte ich denn sagen sollen? Du hättest mich gehasst, mich ans Messer geliefert. Ich liebe dich.«

»Erspar mir weitere Lügen. Ich hasse dich.«

Seine Worte treffen mich wie Hammerschläge ins Gesicht. »Storm«, wispere ich unter Tränen und wünschte, er würde mich küssen, mir verzeihen, aber er dreht den Kopf weg.

»Verschwinde, bevor ich dich töte.« Er reißt die Hand von meinem Hals, als würde er sich vor mir ekeln, dann springt er auf und weicht zurück. »Du hast eine halbe Stunde Vorsprung, bevor ich dem Senat berichte, was du Jax gesagt hast.«

Schwer atmend stehe ich auf und fasse mir an den Hals. »Bitte, tu das nicht! Sie werden Jax und Crome töten. Das sind deine Waffenbrüder.«

»Das sind Verräter!«, brüllt er. Rasend schnell kommt er wieder auf mich zu und presst mich mit seinem Körper gegen die kalte Fensterscheibe. Erneut liegt seine Hand an meiner Kehle.

Hätte ich doch nichts gesagt! Aber er muss wissen, dass ich ihn liebe, dass meine Gefühle für ihn echt sind. Sie sind so stark, dass ihn verletzt zu sehen mehr wehtut als der körperliche Schmerz, den er mir zufügt.

Ich schnappe nach Luft. »Und was ist mit all den anderen Menschen?«

»Mutanten«, grollt er.

»Keine Mutanten. Du weißt nicht, was da draußen wirklich passiert und wie das Regime uns alle verar…« Seine Finger am meinem Hals ziehen sich zu, das Blut pocht bis in meine Augen und sie drohen, aus den Höhlen zu springen. Mein Schädel platzt gleich. Röchelnd kralle ich die Finger in seinen Arm – er lässt nicht locker.

»Hör auf mit deinen Lügen und lauf, solange ich dich gehen lasse!« Erneut lässt er mich los, und ich sacke auf die Knie.

Tief atme ich ein. Sauerstoff … Jeder Atemzug brennt in meiner Kehle, aber das dumpfe Pochen in meinem Schädel lässt nach.

Hustend reiße ich das Tablet an mich, das Display hat einen Sprung. Vielleicht funktioniert es nicht mehr, dennoch muss ich es mitnehmen. Es darf dem Senat nicht in die Hände fallen, sie könnten vielleicht etwas finden, das nicht für ihre Augen bestimmt ist. Ich überschreibe zwar regelmäßig alle gelöschten Protokolle, doch ich will kein Risiko eingehen.

In blinder Panik stürze ich ins Schlafzimmer, sammle meine lange Anzughose sowie das weiße Hemd ein und ziehe mich hastig an, wobei ich mir ständig über die Lider wische.

Storm steht mit verschränkten Armen in der Tür, nackt wie ein Gott – ein Gott des Zornes –, und lässt mich nicht aus den Augen. Seine Tränen sind versiegt, blanker Hass spiegelt sich in seinen Pupillen, seine Brustmuskeln zucken. Ich muss hier weg, bevor er mich tötet.

Ich kann kaum begreifen, dass ich White City den Rücken kehre, dass ich Storm verlassen und irgendwie durch die verdammte Kanalisation nach draußen kommen muss. In die Outlands. In Sicherheit.

Nachdem ich in meine Schuhe geschlüpft bin, stopfe ich das Tablet in meine Arzttasche, die immer neben der Haustür bereitsteht, und drehe mich zu Storm um. Jetzt heißt es Abschied nehmen, aber es sieht nicht danach aus, als würde mir Storm noch einen Kuss oder eine Umarmung gestatten. Er hat sich in meiner Nähe postiert, trägt jedoch mittlerweile seine Shorts.

»Ich liebe dich«, sage ich unter Tränen. Glühende Messer bohren sich in meine Brust, ich kann kaum atmen vor Schmerz. »Ich wollte dir niemals wehtun, das musst du mir glauben!«

»Raus.« Seine Stimme klingt leise, aber gefährlich. In seinen Augen blitzt es. »Ich hoffe, die Ratten fressen dich auf.«

Ich will ihm so viel erklären, nur hat das jetzt keinen Sinn hat. Ich sollte ihn nicht noch mehr reizen und froh sein, dass er mich gehen lässt.

Ich drehe mich um, hole zitternd Luft und verlasse meine Wohnung, wohl wissend, dass ich sie nie mehr sehen werde. Dass ich Storm nie mehr sehen werde.

Aus Angst, der Aufzug könne stecken bleiben – obwohl das bisher nie passiert ist –, nehme ich die Treppen, immer zwei Stufen auf einmal. Da meine Kondition nach der kurzen Nacht nicht die beste ist, erreiche ich viele Stockwerke später das Kellerabteil mit grauenhaftem Seitenstechen. Vor meinen Augen verschwimmt das Eingabefeld für den Zahlencode, das die massive Stahltür in den Untergrund öffnet. Der Senat ändert täglich die Nummer, gut, dass ich den Code-Entschlüssler ständig in meiner Arzttasche habe. Ich öffne sie, reiße das Innenfutter auf und hole ein kleines Gerät heraus, das wie ein winziger Tablet-PC aussieht.

Nachdem ich die Abdeckung der Tastatur heruntergerissen habe, verbinde ich das Eingabefeld über ein Kabel mit dem Entschlüssler und lasse das Dechiffrierungsprogramm laufen. Keine zwei Minuten später öffnet sich die Tür und offenbart den schwarzen Schlund einer übelriechenden Bestie. Verwesungsgeruch und Feuchtigkeit schlagen mir entgegen.

Ich war schon mal da unten, aber in Begleitung. Jax hat mich geführt. Nun muss ich den Weg allein finden.

Ich stecke den kleinen Computer in meine Tasche und hole das größere Tablet heraus. Als ich auf das gesprungene Display tippe, leuchtet es lediglich auf. Mehr passiert nicht. Verflucht, ich kann Jax nicht warnen! Meine einzige Kommunikationsmöglichkeit ist zerstört.

Der Senat wird bald wissen, dass die Rebellen Veronica holen werden, ich muss in Resur sein, bevor die Rebellen abreisen, oder sie auf den Weg dorthin abfangen. Wenigstens müssen sie durch den geheimen Tunnel, wir können uns nicht verpassen.

Als ich die Treppen nach unten steige und die schwere Tür hinter mir zufällt, klappern meine Zähne so laut, dass das schaurige Geräusch von den Betonwänden hallt. Meine Knie wollen mich kaum tragen, die Tasche rutscht mir fast aus der schweißnassen Hand, ebenso das Tablet. Es spendet Licht und kann mir den Weg weisen. Jax hat in Knöchelhöhe winzige Pfeile in die Tunnelwände geritzt, damit ich den Ausgang finde, sollte ich einmal fliehen müssen. Daher folge ich der ersten Markierung bis sich der Weg teilt. Dort muss ich neue Hinweise suchen, was mich Zeit kostet. Auf diese Weise bin ich ewig unterwegs. Nie im Leben schaffe ich es pünktlich aus dem Labyrinth.

Ich heule wie ein Kind, weil ich mich verloren fühle. Die Dunkelheit mit all den seltsamen Geräuschen und ekelhaften Gerüchen bringt mein Herz zum Rasen. Der Puls trommelt in meinen Ohren. Es riecht nach Tod und Verwesung. Ratten, so groß wie Katzen, die sich hier ebenfalls herumtreiben, huschen an mir vorbei. Ich habe Angst, dass diese Biester mich anfallen. Sie sind ausgehungert und übertragen Krankheiten. Ich bin unbewaffnet, habe bloß ein lächerliches Skalpell in meiner Arzttasche.

Um mich abzulenken, will ich an schöne Dinge denken, aber ich habe ununterbrochen Storms verletztes Gesicht vor Augen, seine Enttäuschung, die Wut.

Wieso tut es so weh? Warum fehlt er mir? Unsere Beziehung beruhte doch fast nur auf Sex und Leidenschaft. Wir konnten nicht zusammen ausgehen, uns nirgendwo als Paar blicken lassen. Außer uns wusste niemand in White City von unserer Beziehung.

Sein gesamter Lebensinhalt bestand bisher aus der Warrior-Ausbildung und der Suche nach Rebellen. Wäre er nicht ins Krankenhaus gekommen, hätte er nichts anderes gekannt. So weiß ich immerhin, dass er meine Computerspiele mag, gerne Hühnchen isst, auf dem Bauch schläft und mit bürgerlichem Namen Kane Archer heißt. Dass er einfühlsam und ein fantastischer Liebhaber ist … Als ich an unseren letzten Sex denke, wie er sich mir hingegeben hat, füllen frische Tränen meine Augen. Oh Gott, wie tief verletzt muss er sein. Er hat mit einem Rebellen verkehrt, gegen die er sein Leben lang abgerichtet wurde.

Als ich plötzlich Schritte höre, bleibe ich erstarrt stehen. Warrior. Sie marschieren in meine Richtung! Ich habe vor lauter Angst wegen der Viecher fast vergessen, dass mir hier weit schlimmere Gefahren drohen. Wenn sie mich finden, verhaften sie mich, falls sie mich nicht gleich erschießen. Die Soldaten suchen immer noch die Kanalisation nach Rebellen ab. Storm hat mir erzählt, wie sehr sie die Märsche durch den Untergrund hassen. Sie haben bereits alles mehrfach durchkämmt und nichts gefunden.

Das ist mein Glück, die Krieger sind unvorsichtig geworden. Normalerweise bewegen sie sich geräuschlos in der Dunkelheit, um ihr Eintreffen nicht zu verraten. Jetzt höre ich sie sprechen.

Hastig schaue ich mich nach einem Versteck um und entdecke in Kniehöhe ein Rohr, in das ich gerade so hineinpasse. Kaum bin ich drin, wobei mir die Arzttasche als zusätzlicher Schutz dient, läuft die Gruppe an mir vorbei.

»Ich hab diesen Scheißjob langsam satt«, sagt jemand. »Ich will endlich wieder kämpfen.«

»Nichts ist, wie es mal war«, höre ich einen anderen. »Keine Shows, kein Sex, keine Partys.«

»Ich hab die Schnauze voll …«

Die Gruppe zieht an mir vorüber, ohne mich zu bemerken. Sobald ich mich sicher fühle, krieche ich aus dem Rohr, froh, dass mich keins dieser Viecher angeknabbert hat. Hastig marschiere ich weiter, immer auf der Suche nach den eingeritzten Pfeilen.

Gefühlte drei Stunden später erreiche ich endlich die Mauer, hinter der sich der geheime Tunnel befinden soll. Rebellen haben ihn gegraben. Er diente ihnen als Fluchtweg. Es dauert ewig, bis ich dahinterkomme, wo sich die Geheimtür befindet und wie sie sich öffnen lässt, aber als ich endlich eine

Öse entdecke und die schwere Mauer aufziehen kann, durchströmt mich Erleichterung.

Mir offenbart sich ein mit Metallstreben und anderem Bauschutt abgestützter Tunnel, der in die Erde gegraben wurde. Nachdem ich die Tür hinter mir zugezogen habe, laufe ich geduckt durch den niedrigen Gang, der eine leichte Biegung macht. Das Licht des Displays wird dunkler, offenbar geht der Akku zur Neige. Daher laufe ich schneller, denn das Ende muss bald in Sicht sein.

Mein Mund ist trocken, da ich heute noch nichts getrunken habe, und mein Magen knurrt.

Egal – Resur liegt vor mir. Ich bin aufgeregt auf die Stadt der Outsider. Werden sie mich freundlich aufnehmen? Jax hat gesagt, ich würde hier immer ein Zuhause finden, da ich den Outsidern eine so große Hilfe war. Allein den Ionenaustauscher für die Kläranlage zu besorgen, habe mich zu einem heimlichen Helden gemacht.

Wasser … Was würde ich jetzt für einen Schluck geben! Leider habe ich in meiner Arzttasche nur Alkohol und ein paar andere Medikamente in flüssiger Form. Diese werde ich nicht für ein bisschen Durst verschwenden, da die Menschen in Resur kaum Medizin haben. Abgesehen davon wären sie nicht gerade bekömmlich. Hätte ich nur mehr dabei! Leider sind die Medikamente im Krankenhaus streng abgezählt und weggesperrt, ich hätte mich nicht wahllos bedienen und einen Vorrat anlegen können. Es war ohnehin schwer genug, ab und zu eine gebrauchte Packung herauszuschmuggeln.

Gerade, als der Monitor des Tablets flackert und erlischt, sehe ich vor mir ein grelles Licht. Der Ausgang!

Ich falle gegen Gestrüpp, dann schlagen mir Wärme und trockene Luft entgegen. Sonnenstrahlen brennen sich in mein Gesicht und ich kneife die Lider zusammen. An die UV-Strahlung und die Helligkeit bin ich nicht gewöhnt, dabei ist es erst früher Morgen. Gegen Mittag verwandelt sich die Wüste in einen Glutofen.

Es dauert eine Weile, bis ich die Augen aufbekomme. Sie tränen – vor Erleichterung und weil das Licht in ihnen schmerzt. Trotzdem muss ich diese glühende Scheibe anstarren, die über dem Horizont aufsteigt. Die Sonne. Zum ersten Mal sehe ich sie mit eigenen Augen.

Draußen! In Sicherheit!

Ich habe es tatsächlich durch die Kanalisation geschafft, ich bin dem Regime entkommen!

Leider habe ich keine Zeit, den Anblick der Sonne zu genießen. Ich muss weiter!

Wie spät mag es sein? Jax und seine Gruppe sind bestimmt längst unterwegs, ich müsste jede Minute auf sie treffen.

Ich drehe mich im Kreis, um mir einen kurzen Überblick zu beschaffen. Der Tunnelausgang befindet sich in einem Hügel aus Schrott, Steinen und Erde. Büsche wachsen darauf, ein paar Meter weiter erhebt sich eine hohe Mauer – der äußere Ring. Dahinter wölbt sich die milchige Kuppel über

White City.

Ich muss nach Osten, hat Jax gesagt, also lasse ich die Stadt hinter mir und marschiere auf zahlreiche Ruinen ehemaliger Hochhäuser zu: Casinos, Hotels, Konzerthallen, vertrocknete Brunnen, Brücken, eine Achterbahn. Glas, Stahl, Beton, aufgeplatzte Straßen … wahrlich kein schöner Anblick. Wie eine Geisterstadt mutet Las Vegas an.

Ich habe Nachforschungen angestellt, aber leider nicht viele Informationen über die ehemalige Glücksspielstadt bekommen. Der Senat hat dafür gesorgt, dass zahlreiche Dokumente von der Zeit vor der Bombe vernichtet wurden. Auf jeden Fall blühte früher mitten in der Wüste das Leben, es gab Wasser im Überfluss, sehr viele Menschen arbeiteten hier. Jetzt sehe ich kein Lebewesen, nicht mal ein Insekt.

Ausgemergelte Sträucher und Kakteen haben sich ihren Lebensraum zurückerobert, braune Bergketten erstrecken sich am Horizont.

Während ich mich an der aufsteigenden Sonne orientiere und eine alte Straße entlanglaufe, hole ich ein großes Verbandstuch aus meinem Koffer und binde es um meinen Kopf und vor mein Gesicht. Es schützt ein bisschen vor den Sonnenstrahlen, außerdem erleichtert es das Atmen. Die staubige Luft kratzt in meinen Lungen.

Zu beiden Seiten erstrecken sich Ruinen in den blauen Himmel. Einige Häuser haben den Krieg gut überstanden, andere gleichen Stahlfingern. Doch die Sonne wird die restlichen Gebäude früher oder später auch in Staub verwandeln. Wie gerne hätte ich jetzt etwas zu trinken. Meine Lippen sind trocken, die Zunge klebt am Gaumen. Wo ist Resur? Wo sind die Menschen?

Als ich Minuten später auf einer porösen Straße entlanggehe, zu beiden Seiten die Ruinen, wird es rasch heißer. Die Luft flirrt und die Sonne brennt auf meiner Haut. Lange halte ich die Hitze nicht mehr aus.

Nachdem ich um ein riesiges Gebäude marschiert bin, atme ich auf. Endlich sehe ich die Pyramide aus schwarzem Glas. Resur! Das über hundert Meter hohe Gebäude wirkt aus der Entfernung wie ein Spielzeug, die winzigen Menschen davor wie Ameisen.

Meine Kräfte drohen mich zu verlassen. Der Weg ist noch so weit!

Meine Hoffnungen ruhen auf Jax. Wir müssen uns begegnen, damit ich ihm die dringende Botschaft übermitteln kann und er jemanden anfunkt, der mich abholt.

Aber Jax kommt nicht. Dafür habe ich ein einzelnes breites Gleis entdeckt, das über meinem Kopf zwischen den Häusern hindurch bis nach Resur führt. Fährt darauf ein Zug?

Ich blicke zurück und erkenne in der Ferne einen Bahnhof, dahinter erstreckt sich die Kuppel. Mist, ich habe ihn zuvor nicht gesehen, weil ein Haus die Sicht darauf versperrt hat. Doch dort steht kein Zug und ich bin schon zu weit entfernt, um umzukehren. Vielleicht gibt es noch eine Station zwischen Resur und hier.

Also laufe ich weiter nach Osten, immer neben dem Gleis entlang, das mir ein wenig Schatten spendet. Aber kein weiterer Bahnhof ist in Sicht. Dafür fühle ich Ewigkeiten später ein Vibrieren, höre ein Dröhnen – dann zischt ein Zug über mich hinweg. Er fährt in Richtung Kuppel.

Oh nein, gewiss befinden sich Jax und die anderen in dieser Bahn!

Der Weg zurück ist zu weit, Resur liegt nur noch eine geschätzte Meile entfernt. Ich erkenne Menschen, die ein Feld bestellen, Autos, die auf den reparierten Straßen fahren, und Kinder, die im Schatten zusammensitzen und spielen.

Ich muss Resur erreichen, bevor die Gruppe in den Untergrund geht, denn in der Kanalisation, zwischen all dem Beton, ist keine Funkverbindung möglich.

Die Pyramide ist nah, aber ich kann nicht mehr. Die Tasche gleitet mir aus den Händen, doch ich taumle weiter, winke den vier Menschen, die auf dem kleinen Feld arbeiten. Warum sehen sie mich nicht?

Ich stolpere über ein aufgewölbtes Asphaltstück und breche auf der Straße zusammen. Der erhitzte Teer versengt fast mein Gesicht. Eine Stunde später wird der Asphalt bestimmt kochen. Noch halte ich es aus.

Nur ein wenig ausruhen, zu Atem kommen, Kraft tanken … Ich bin müde und durstig. Aber ich muss weiter, weiter …

Kapitel 3 – Kämpferherz

»Mark!«
Ist das Samanthas Stimme?

Mein Schädel brummt, meine Glieder sind schwer wie Blei. Diese Trägheit ist angenehm, ich möchte sie noch nicht verlassen.

»Er wacht auf!«

Ja, das ist sie. Ich habe lange genug mit ihr zusammen gelebt und gearbeitet, um ihre Stimme zu erkennen. Sie klingt warm und weich.

Ich fühle etwas an meinen Lippen, dann sagt sie: »Trink«, und ich schlürfe gierig. Es ist Wasser, genau das, was ich brauche. Warum bin ich so durstig?

Es dauert nicht lange, da fällt mir alles wieder ein. Mein Herz beginnt zu rasen und ich reiße die Augen auf. Ich blicke direkt in Samanthas hübsches Gesicht. Sie trägt einen Arztkittel, ein Stethoskop hängt um ihren Hals und ihre Haare hat sie hochgesteckt.

»Bin ich in Resur?«, frage ich krächzend. Mein Hals ist rau und wie ausgedörrt, daher nehme ich noch mehrere Schlucke.

Samantha nickt lächelnd und stellt den Becher weg. »Ein Mann der Stadtwache hat dich entdeckt.«

Ich muss mich unbedingt bei ihm bedanken.

»Du bist in der Pyramide. Auf der Krankenstation.«

Das Bett sieht alt und abgenutzt aus, aber die Bettwäsche ist sauber. Zwei weitere Patienten – ein Jugendlicher und eine ältere Frau mit grauem Haar – liegen in den beiden anderen Betten. Sie scheinen zu schlafen.

Putz blättert von der Wand und eine schräg stehende Frontscheibe nimmt eine ganze Seite ein. Durch das Glas blicke ich auf die Ruinen. Hier riecht es viel stärker nach Desinfektionsmittel als im White City Hospital.

»Ich bin so froh, dich zu sehen.« Samantha umarmt mich kurz, wobei eine Strähne ihres Haares meine Wange kitzelt und ihr vertrauter, weiblicher Geruch in meine Nase steigt.

»Jax!« Ich richte mich so hastig auf, dass Sternchen vor meinen Augen tanzen und mein Schädel pocht. Als ich mir an die Schläfe fasse, ziehe ich schnell die Hand weg. Au, meine Haut brennt wie Feuer. Ich habe zu viel Sonne erwischt, trotz Tuch.

Sie kräuselt die Stirn. »Er ist schon weg. Was ist denn passiert? Warum bist du hier?«

»Mist, kannst du ihn noch erreichen?« Als ich die Beine aus dem Bett schwingen will, bemerke ich, dass eine Kanüle in meinem Arm steckt. Neben mir steht ein Infusionsständer.

»Nein, sie sind bereits unter der Stadt.«

»Verdammt!« Ich reiße mir die Nadel heraus und springe auf. Sofort dreht sich alles.

Samantha hält mich an den Schultern fest. »Mark, was ist los?«

»Eine Falle …«, sage ich atemlos. Mir ist schwindlig, aber ich darf nicht wieder ohnmächtig werden. »Storm hat mitbekommen …« An ihn zu denken, hinterlässt ein schneidendes Gefühl in meiner Brust. Besser, ich erwähne ihn so wenig wie möglich. »Ich bin belauscht worden. Der Senat weiß, dass sie Veronica entführen wollen. Sie laufen in eine Falle!«

Sie macht einen Schritt rückwärts, ihre Augen sind riesig. Angst und Sorge stehen ihr ins Gesicht geschrieben. Sie liebt ihren Krieger sehr.

Ich will, dass Jax zu ihr zurückkehrt. Samantha ist durch die Hölle gegangen, sie hat ein bisschen Glück verdient. Ich muss etwas tun!

Hastig spiele ich im Geiste alle Möglichkeiten durch. Zum Glück funktioniert mein Gehirn wie ein Computer. Ich muss es nur mit einigen Begriffen oder Gedanken füttern und schon spuckt es Informationen aus. Leider ist mein Kopf wie in Watte gepackt.

»Das Shuttle!« Jax und seine Leute haben einen Transporter von den Plantagen mitgenommen. Ich hatte ihnen erklärt, wie sie ihn vom Satelliten trennen. »Fliegt es noch?«

»Ja, aber …«

»Ich brauche jemanden, der das Ding steuern kann.« Wenigstens bin ich halbwegs angezogen und meine Schuhe stehen neben dem Bett.

»Du bist noch nicht fit genug.« Sie mustert mich einen Moment und ich erkenne, wie es in ihrem Kopf rattert, dann sagt sie entschlossen: »Rock. Er kann das Shuttle fliegen.«

Sie weiß, dass ich im Moment die einzige Chance bin, Jax und die anderen zu retten.

Schon habe ich eine weitere Idee. »Und ich brauche Julius' Video.«

Sie nickt und bringt mich zur Tür. Dabei huscht ein Lächeln über ihre Lippen. »Du hast ja ein Kämpferherz, Mark.«

Ich bin erstaunt über mich selbst. Anscheinend habe ich das.

***

Eine halbe Stunde später befinde ich mich in der Luft. Neben mir im Cockpit sitzt ein breitschultriger Hüne mit Glatzkopf. Er ist ein Warrior, der auf einer der Zuckerrohrplantagen eingesetzt war und mit Jax und Crome von dort geflohen ist. Die Sonne hat seine Haut gebräunt, Tattoos zieren seine Oberarme. In seinem Muskelshirt sieht er zudem furchteinflößend aus, doch ich bin froh, dass er das Shuttle manövrieren kann.

Während er das Schiff auf die Kuppel zusteuert, übertrage ich das Video von einem Tablet-PC in die Konsole des Transporters. Außerdem hacke ich mich tief ins System, damit wir von der Luft aus die Kuppelschleuse öffnen können, um das Video per Funk zu übertragen. Das alles mache ich wie in Trance oder als würde ich mich in einem Traum befinden. Die Gegenwart ist surreal, verzerrt. Bin ich wirklich in einem Fracht-Shuttle? Schweben wir über die Wüste? Die öde Landschaft und die Ruinen huschen unter uns vorbei.

In Gedanken bin ich fast nur bei Storm und bekomme kaum mit, was um mich herum geschieht. Ich arbeite automatisch, meine Finger fliegen wie von selbst über die Tastatur.

»Okay, positioniere den Transporter genau über der Schleuse«, trage ich Rock auf.

Er befolgt alle meine Befehle ohne zu murren. Genau wie ich will er, dass es Jax, Crome und Julius wieder aus White City herausschaffen. Hoffentlich kommen wir nicht zu spät!

Als sich das Shuttle-Tor an der Kuppelspitze öffnet, erkenne ich unter mir die Landeplattform auf dem höchsten Turm der Stadt. Ein Personentransporter parkt dort und wird von wenigen Männern bewacht. Noch bevor ich mit der Übertragung des Videos beginne, eröffnen sie das Feuer auf uns. Zum Glück können ihre Waffen dem Schiff nicht viel anhaben.

Die Schleuse erhält von White City den Befehl, sich zu schließen, aber ich habe das Programm gecrackt und kann in Ruhe das Video übertragen. In diesem Moment ist in der ganzen Stadt zu sehen, was sich außerhalb der Kuppel abspielt.

»Bürger von White City, hier spricht Andrew. Ihr kennt mich als den Sohn von Senator Pearson …«, dringt Julius' Stimme bis zu uns herauf. »Mir geht es gut und ich wurde auch nicht von den Rebellen entführt, wie euch der Senat Glauben machen wollte. In Wahrheit ist ein Leben da draußen längst wieder möglich. Hier gibt es auch keine Mutanten. Ich lebe mitten unter diesen Leuten.«

Ob Storm sich das Video ebenfalls gerade ansieht? Natürlich wird er das, der Film läuft auf allen Screenern, auf der Straße, in allen Wohnungen und öffentlichen Einrichtungen. Hoffentlich erkennt er, wie das Regime sie alle verarscht hat. Vielleicht mildert die Wahrheit den Hass auf mich. Er soll verstehen, warum ich ihn hintergangen habe. Dass es nicht seinetwegen war. Dass ich auf der richtigen Seite stehe.

Da uns die Landeplattform die Sicht versperrt und wir außerhalb der Kuppel schweben, kann ich nicht viel vom großen Platz unter dem Turm sehen. Aber hören. Offenbar kommt es zu Tumulten. Das ist für Jax und seine Gruppe von Vorteil, denn in dem Chaos können sie fliehen – falls sie nicht bereits geschnappt wurden.

Natürlich halte ich auch nach Storm Ausschau, doch ich finde ihn nicht. Überhaupt scheinen sich verhältnismäßig wenig Warrior auf dem Platz aufzuhalten.

***

Nachdem das Video abgespielt ist, fliegen wir zurück. Rock parkt das Shuttle in der Wüste, genau vor dem Tunnelausgang. Wir hoffen, dass es die anderen geschafft haben.

Während wir warten und ich mich mit nichts ablenken kann, spüre ich meinen fiesen Sonnenbrand besonders intensiv. Außerdem hämmert mein Schädel immer noch. Ich bin tatsächlich durch diese verdammte Wüste gelaufen und heilfroh, jetzt mit dem Transporter drüberfliegen zu können.

Zu unserer großen Erleichterung taucht die Gruppe eine halbe Stunde später auf, und Jax trägt eine junge schwarzhaarige Frau in den Armen. Veronica Murano! Sie haben es wirklich geschafft, die Senatorentochter zu entführen und zu entkommen.

»Hey, Mark! Was machst du hier?« Jax' blaue Augen werden groß.

»Er hat euch gerettet«, sagt Rock, während er Jax die Frau abnimmt und hilft, sie in den Transporter zu heben. Offensichtlich ist sie bewusstlos.

Andrew Pearson alias Julius Quinn, der Rebellenführer, ist auch dabei. »Vorsichtig, passt auf ihren Kopf auf.« Er scheint sehr besorgt um Veronica zu sein. Sie stöhnt leise und ist dabei, aufzuwachen.

Als alle in dem Shuttle sind, schließen die Türen und Rock startet die Maschinen.

Jax befindet sich zwischen Cockpit und Laderaum, ich stelle mich neben ihn und kralle die Finger in einen herabhängenden Haltegurt.

»Danke fürs Mitnehmen, Rock«, ruft er ins Cockpit. »So ein Shuttle ist echt praktisch, ich hatte jetzt keinen Bock durch die halbe Wüste bis zur Monorail zu latschen.« Dann wendet er sich mir zu. »Was ist eigentlich passiert?«

Tief hole ich Luft. »Ich wollte euch noch warnen, aber ich bin zu spät aufgewacht, da wart ihr schon in der Kanalisation und der Funk war abgebrochen. Zum Glück war das Shuttle da und ich habe gerade noch für Verwirrung sorgen können, ist ja mit dem richtigen Transportmittel nur ein Katzensprung.«

Jax Brauen ziehen sich zusammen. Ernst sieht er mich an. »Erzähl, Mark.« Natürlich will er alles wissen.

Eigentlich wollte ich nicht mehr über Storm sprechen, doch Jax ist wie ein Freund für mich geworden. Ich schulde ihm die Wahrheit.

»Ich … hab da einen Patienten, mit dem ich mich sehr gut verstanden habe. Er ist ein Warrior. Storm. Er hat mitbekommen, wie ich zuletzt mit euch Kontakt aufgenommen habe. Ich musste euch ja über die Änderungen informieren, und er war bei mir zu Hause. Verdammt, ich dachte, er schläft.« Die schmerzhaften Erinnerungen sickern an die Oberfläche, aber ich verdränge die Tränen. Ich bin ein Mann. Männer heulen nicht. Schon gar nicht in einem Shuttle voller Warrior. »Er hat alles gehört und mich verpetzt. Der Senat war also gewarnt und ich konnte euch nicht mehr alle Infos geben.«

Crome tritt zu uns. »Fuck, ja das hatten wir vermutet. Euer Ablenkungsmanöver war klasse. Wie bist du entkommen, Mark?«

»Storm hat mich laufen lassen«, antworte ich und schlucke hart.

»Wieso das?«

Ich räuspere mich. »Vielleicht, weil wir ziemlich gute Freunde sind. Waren …«

»Definiere: ziemlich.« Jax legt den Kopf leicht schief. »Ist Storm vielleicht der Grund, warum du Sam gegenüber so ein schlechtes Gewissen hast?«

Crome lacht und klopft Jax auf den Rücken. »Du bist neugieriger als deine Verehrerin Anne, Bruder.«

Jax drückt kurz meinen Arm. »Mark, ich bin echt froh, dass du bei uns bist. Und deinem Liebling werden wir ordentlich eins auf die Mütze geben, sollte er uns über den Weg laufen …«

Ich will nicht, dass sie ihm etwas tun, doch die Möglichkeit, dass sie sich begegnen, existiert nur im Falle eines Krieges. Und zu dem darf es niemals kommen. Jetzt ist Veronica Murano hier. Sie soll verhindern, dass die Truppen in Resur einfallen. Ihr Vater wird hoffentlich keinen Angriff befehlen, solange sie hier ist.

***

Sam zeigt mir die Krankenstation, stellt mich den anderen Ärzten und Schwestern vor und besorgt mir ein Zimmer in der Pyramide. Es ist gerade frei geworden, weil ein Jäger nicht aus dem Hinterland zurückgekehrt ist. Das geschieht ab und zu, hat sie gesagt. Die Wüste schluckt Menschen und spuckt sie nicht mehr aus.

Meine neuen vier Wände sind winzig, eher eine Abstellkammer und nur als vorübergehende Unterkunft gedacht. Wenigstens gibt es ein schmales Fenster, das Tageslicht hereinlässt. Es ist schräg, als würde es auf mich zufallen, weil es zugleich die Außenwand der Pyramide bildet. Das drückt den Raum noch mehr.

Außer einem Bett und einem Schreibtisch steht kaum etwas darin. Im noch kleineren Nebenraum gibt es bloß ein Waschbecken und eine Dusche, aber das ist besser als nichts.

Bald wird vor der Pyramide eine Wohnsiedlung fertig und dort könnte ich vielleicht ein Haus haben. Doch wozu brauche ich allein ein ganzes Haus? Ein Bett reicht mir im Moment. Ich will meine Augen nicht schließen, da ich immer nur Storm vor mir sehe. Obwohl ich müde bin und mein Schädel noch von der Sonne dröhnt, stürze ich mich in Arbeit. Auf der Krankenstation gibt es genug zu tun, hier sind viele Menschen, die meine Hilfe benötigen. Außerdem helfe ich Jax und den anderen, wenn sie mich brauchen. Offenbar kennen sich nicht viele mit der Technik und den Übertragungen aus. Sonja Anaya, eine Freundin von Samantha, sticht allerdings hervor. Die schwarzhaarige Frau gehörte zur Rebellentruppe und war früher Ingenieurin. Sie kümmert sich in letzter Zeit ausgiebig um einen inhaftierten Warrior mit Namen Nitro. Das war derjenige, der gemeinsam mit Storm frühzeitig die Ausbildung beenden durfte. Er kam Crome in die Quere, als er mit seiner Freundin Miraja aus der Kanalisation geflohen ist. Daher haben sie ihn kurzerhand mitgenommen.

Vieles ist anders hier und doch ähnlich. Bloß der Fortschritt hinkt um Jahrzehnte hinterher. Aber das macht nichts. Ich bin frei, nur das zählt.

***

In meiner ersten Nacht schlafe ich unruhig und nur wenige Stunden. Ich fühle mich wie gerädert, aber wenigstens ist der Sonnenbrand erträglicher geworden.

Frühmorgens stürze ich mich trotzdem wieder in Arbeit. Dr. Nixon ist mit mir auf der Station. Er ist ein Mann in den Vierzigern, sieht aber mit dem grauen Haar und dem Falten durchzogenen Gesicht wesentlich älter aus. Sein Lebensweg steht ihm ins Gesicht geschrieben. Noch vor einem Jahr wohnte er in der ehemaligen Stadt Los Angeles. Dort sind Plünderungen und Gewalt an der Tagesordnung.

Dr. Nixon erforscht die Wirkung pflanzlicher Arzneien, die er selbst anbaut, und hat damit gute Erfolge erzielt. Die Menschen hier brauchen eine Alternative zur Schulmedizin. Es fehlt an vielen wichtigen Stoffen, besonders Antibiotika ist rar. Samantha hat daher begonnen, eigene Kulturen zu züchten. Sie ist eine bewundernswerte Frau. Ihr Wissen bezieht sie aus alten Büchern; es gibt eine Bibliothek in der Pyramide. Das ist hervorragend, ich will viel über die alte Welt erfahren. Sobald ich dazukomme, denn an Arbeit mangelt es mir nicht. Ich helfe den anderen bei der Sache mit Veronica, modifiziere das Shuttle, sodass es nun auch in Hypergeschwindigkeit fliegen kann und weniger Kraftstoff verbraucht, und bringe alte Krankenhausgeräte auf Vordermann. Sogar meinen Tablet-PC konnte ich reparieren. Ich gönne mir keine freie Sekunde.

Eines Tages werde ich Storm vergessen haben, doch bis dahin ist mir jede Ablenkung recht.

***

Samantha stürmt in mein Behandlungszimmer, in dem ich einem jungen Mädchen gerade einen Verband anlege. Rote Flecken tanzen auf ihrem Gesicht, ihre Finger kneten den Stoff ihres Kittels. »Jax hat mich angefunkt, wir bekommen gleich einen Schwerverletzten!«

»Was ist passiert?«, möchte ich wissen, während ich den Verband fixiere.

Erst als die Kleine den Raum verlassen hat und wir allein sind, sagt sie: »Späher haben zwei bewaffnete Warrior auf Resur zukommen sehen. Jax und sein Trupp sind losmarschiert, um sie aufzuhalten. Die Soldaten hatten sogar Sprengstoff dabei! Einer konnte fliehen, der andere wurde angeschossen.«

Ich stoße die Luft aus. »Ist das die Vorhut? Beginnt jetzt der Krieg?«

»Oh Gott, Mark. Bitte nicht!« Samantha packt meinen Arm und schaut mich mit weit aufgerissenen Augen an.

Zum ersten Mal erwache ich richtig aus meiner Lethargie. Resur und allen Menschen hier droht Gefahr. »Kann ich etwas tun?«

»Wir müssen den Warrior operieren. Hilfst du mir dabei?«

Mechanisch nicke ich, meine Gedanken überstürzen sich. Ich habe als

Arzt geschworen, jedes Leben zu retten, auch das eines Verbrechers. Doch sind die Krieger wirklich schuldig? Sie tun nur das, was das Regime ihnen aufträgt, und in White City habe ich mir niemals diese Fragen gestellt. Ich habe Storm behandelt … Aber hier beginne ich weiter umzudenken, mich zu verändern.

Mein Herz wird schwer. Hat das Video denn keinen von ihnen aufgerüttelt?

Wie fühlt sich Storm jetzt, da er die Wahrheit kennt? Oder hält er den Film für eine Lüge? Wir wissen nicht, wie die Bürger von White City reagiert haben und ob der Senat sie in dem Glauben lässt, die Aufnahmen wären gefälscht. Wir wissen nichts. Ich werde Samantha bei der Operation helfen, damit der Krieger später verhört werden kann. Vielleicht erfahren wir Neues. Ich wünsche mir nur, dass es niemals zu einem Krieg kommt. Ich will endlich Frieden, meine Ruhe, ein halbwegs normales Leben.

***

Wir warten im Gang auf den Verletzten. Der OP ist vorbereitet, und so makaber es klingt: Ich freue mich, wieder neben Samantha im Operationssaal zu arbeiten. Wir waren immer ein Spitzenteam. Das wird mich fordern und ablenken. Hier gibt es keine Medi-Bots, die einen Arzt unterstützen, wir müssen alles von Hand erledigen.

Veronica Murano kommt den düsteren Flur entlanggelaufen, sie wirkt aufgelöst. Der Bürgermeister und Miraja – Cromes Gefährtin und Veronicas ehemalige Leibwächterin –, sind bei ihr. Es hat sich herausgestellt, dass die Senatorentochter freiwillig in Resur bleiben möchte, da sie ebenfalls einen Krieg verhindern will. Es tut gut, jemanden von den Oberen auf unserer Seite zu wissen.

Plötzlich höre ich weitere Schritte, Crome erscheint in voller Kampfmontur. Dem braunhaarigen Krieger folgen zwei Sanitäter mit einer Trage.

Veronica presst sich die Hand auf den Bauch. »Das ist Storm, der Warrior, der alles mit meinem Vater besprochen hat!«, ruft sie – und mein Blut gefriert.

Bitte, sie muss sich täuschen!

Der Mann auf der Trage hat keine schwarzen Zöpfchen, sondern raspelkurzes Haar. Doch diese unverkennbaren sandbraunen Augen in dem staubigen Gesicht sind auf mich gerichtet. Ich zucke zusammen, als hätte mich ein Peitschenhieb getroffen, und drücke mich an Samantha vorbei. »Storm!« Seine nackte Brust ist blutverschmiert und ein Verband wurde schräg über die Schulter und seinen Oberkörper gewickelt. Der Stoff ist durchnässt. Auch sein Oberarm wurde verbunden. Er hat verdammt viel Blut verloren.

»Die Kugel hat in seinem Arm eingeschlagen und ist in seinen Körper gedrungen«, erklärt einer der Sanitäter, ein junger Mann mit rotem Haar, während ich den Trägern helfe, ihn auf ein rollbares Bett zu legen. »Offenbar nicht zu tief und der linke Lungenflügel ist anscheinend unversehrt, ansonsten wäre er längst tot.«

Oh Gott, Storm! Ihn so zu sehen bringt mich fast um.

Sein Atem geht rasselnd, Blut läuft ihm über die Lippen. In seinem Blick liegt kein Hass, nur Schmerz und Trauer.

»Mark«, flüstert er und hebt zitternd einen Arm.

Ohne zu zögern streichle ich ihm über das kurze Haar und nehme seine Hand. Tränen laufen über meine Wangen. »Sprich nicht. Alles wird gut.«

Storm hustet, Blut spritzt hervor. »Es tut mir so leid, ich war verblendet und dumm … hätte dir glauben sollen.« Das Sprechen strengt ihn sichtlich an, doch er hört nicht auf, als müsste er mir alles sagen, bevor er stirbt. »Als ich das Video gesehen habe … alles bereut … wollte wissen, ob es dir gutgeht. Daher habe ich mich dieser Mission angeschlossen.«

Trotz seines furchtbaren Anblicks bin ich erleichtert. Das Video hat geholfen! Ich könnte weinen vor Freude. Aber ein gewaltiger Schatten legt sich über mich und raubt mir den Atem. Storm ist meinetwegen gekommen, meinetwegen so schwer verletzt. Er wollte mich sehen, sich vielleicht bei mir entschuldigen? Mein Herz rast.

Neues Blut läuft aus seinem Mund, seine Augen fallen zu. »Liebe dich …«, wispert er, dann rührt er sich nicht mehr.

»Storm!« Ein Stich zerschneidet meine Brust. Hat er eben gesagt, dass er mich liebt?

Crome stellt sich neben das Bett und rüttelt an seiner Schulter. »Warum seid ihr hergekommen?«

Er reagiert nicht.

Sein Anblick ist kaum erträglich. Er liegt im Sterben. Ich muss etwas tun! Bitte, er darf nicht sterben!

Resolut wische ich mir die Tränen aus dem Gesicht und starre Samantha flehend an. »Wir müssen ihn sofort operieren!«

»OP ist vorbereitet!« Dr. Nixon taucht neben ihr auf, und gemeinsam schieben wir Storm in den Operationssaal. Jede Sekunde zählt.

***

Ich habe selten so viel Blut während einer OP gesehen, doch hier fehlt es an so vielem. Zum Glück gab es noch genug Sedativa auf der Station, um Storm eine Narkose zu verabreichen. Zu dritt geben wir alles, um ihn zu retten.

Der Durchschuss am Arm ist beinahe harmlos, aber eine Lungenoperation ist immer ein großer Eingriff. Daher versuche ich all meine Emotionen auszublenden, nur noch als Chirurg zu funktionieren. Storm gibt es nicht mehr. Vor mir liegt Patient X. Meine Hände dürfen nicht zittern, ich muss mich beruhigen …

Ich mache einen seitlichen Schnitt, dann spreizen wir die Rippen auf der rechten Seite auf. Sollte Storm … mein Patient … überleben, wird er längere Zeit Schmerzen haben. Analgetika sind rar. Aber er wird das packen. Er ist ein Warrior!

Sein verletzter Lungenflügel hat sich mit Blut gefüllt, der linke ist tatsächlich unversehrt. Das könnte ihm das Leben retten. Zum Glück haben wir funktionierende Laser, die erleichtern mir das Arbeiten. Das Zusammenflicken der Blutgefäße geht gut voran. Auch die Kugel ist schnell entfernt. Sie hat leider mehr zerstört als vermutet, sodass ich einen kleinen Teil des Lungenflügels entfernen muss.

Über Stunden halte ich die Konzentration, während mir Samantha und Dr. Nixon assistieren. Ich möchte Storm möglichst allein operieren, so kann ich mir selbst die Schuld geben, falls er es nicht schafft.

Fünf Stunden später können wir den Brustkorb schließen, Komplikationen gab es keine. Mit Unterdruck legen wir einen dünnen Schlauch ein, der den Lungenflügel aufbläht und Luft und Wundsekrete ableiten wird. Die Drainage muss für mindestens eine Woche im Brustkorb belassen werden. Zumindest so lange, bis die Lunge wieder funktionsfähig wird.

Tief atme ich durch, es ist geschafft. Beim Anblick des geschundenen Körpers brennen meine Augen. Storm wird eine ordentliche Narbe auf der rechten Seite zurückbehalten. Ihm wird das bestimmt gefallen, schließlich sprach er einmal davon, dass er sich viele Narben an der Front verdienen wollte. Er fand das cool. Nach der Schlacht sollte ich ihn zusammenflicken und mich um ihn kümmern.

Ich fand dieses Szenario nicht erstrebenswert. Wie schaurig, dass es jetzt so gekommen ist, wenn auch unter etwas anderen Umständen.

Ich möchte für ihn da sein, will ihn pflegen, mit ihm reden. Doch im Moment kann ich nichts weiter tun als darauf warten, dass er die Augen aufschlägt.

***

»Mark …« Kaum hörbar dringt mein Name aus seinem Mund.

»Ich bin da!« Sofort stehe ich neben seinem Bett. Ich habe gerade einen neuen Infusionsbeutel mit Kochsalzlösung an den Ständer gehängt, da hat Storm zitternd die Lider geöffnet.

Lächelnd streiche ich über seine kurzen Haare und gebe ihm einen Kuss auf die Stirn. Wir sind allein in dem kleinen Zimmer, in dem sonst nur Regale mit Hygieneartikeln stehen. Ich habe darauf bestanden, ihn von anderen Patienten zu isolieren. Zum Glück war noch ein Raum frei. Die kleine Krankenstation ist fast immer belegt.

»Die Operation war erfolgreich«, sage ich, als er mich anstarrt. »Du hast alles gut überstanden.«

Er kneift die Lider zusammen und verzerrt das Gesicht. Er hat Schmerzen.

»Wieso hast du mich gerettet?«, möchte er wissen. Seine Stimme klingt leise und rau. »Du musst mich hassen.«

Ich schlucke den Kloß in meinem Hals hinunter, setze mich neben ihn ans Bett und drücke seine Hand. »Ich hasse dich nicht.«

»Aber ich hasse … mich«, presst er hervor und stöhnt.

»Lass uns über alles reden, wenn es dir besser geht.« Ich halte ihm eine Schnabeltasse an den Mund, damit er trinken kann. Er braucht jetzt viel Flüssigkeit.

Storm nimmt wenige kleine Schlucke, danach stöhnt er erneut.

»Ich werde dir ein Schmerzmittel geben, du wirst einschlafen. Schlaf ist die beste Medizin …« Ich erzähle irgendetwas, um die Stille zu durchbrechen, während ich in meiner Arzttasche nach dem Mittel suche.

Zwei Minuten später spritze ich zehn Milliliter der Flüssigkeit in den Infusionsbeutel, und schon bald fallen Storm die Augen zu, sein Gesicht entspannt sich.

»Schlaf dich gesund«, flüstere ich und küsse erneut seine Stirn. »Und dann überlegen wir, wie es mit uns weitergeht.« Ich will wieder neben ihm im Bett liegen, seine Hitze in meinem Rücken spüren, wenn er sich nachts an mich kuschelt, mit ihm reden und lachen wie früher. Ihn küssen. Mit ihm schlafen. Einfach mit ihm zusammen sein. »Ich habe dich vermisst.«

Kapitel 4 – Bangen um Storm

In jeder Minute, in der ich nicht gebraucht werde, sitze ich an seinem Bett, obwohl ich ständig einnicke. Ich bin nur zweimal aus dem Zimmer gegangen, um im Shuttle eine Verbindung nach White City aufzubauen, damit Veronica mit ihrem Vater sprechen kann. Und um Storms Meldeformular auszufüllen. Jeder Neuankömmling wird registriert. »Kane Archer« habe ich auf das Blatt geschrieben. Seinen bürgerlichen Namen.

Kane … Er passt ebenso gut zu ihm wie Storm. Wie wird er sich nennen wollen, wenn er in Resur bleibt? Falls er bleiben darf. Falls er überhaupt gesund wird … So viele Fragen und noch keine Antworten. Ich habe gedacht, verrückt zu werden, als er noch in White City war, aber jetzt bin ich noch mehr durcheinander als zuvor.

***

Dr. Nixon kam vorbei, und hat mir zu meinen fähigen Händen gratuliert. Er wünscht mir von Herzen, dass Storm es schafft. Ich war überrascht zu hören, dass er mit einem Mann zusammenlebt. Er hängt das nicht an die große Glocke. In Los Angeles wurde er wegen seiner Neigung verachtet. »Hier ist das anders«, sagte er. »In Resur habe ich mit Tim ein neues Leben beginnen dürfen.«

Sein Freund ist fünfzehn Jahre jünger als er und verkauft in der großen Halle der Pyramide pflanzliche Medizin, die Dr. Nixon herstellt. Tim hat einen eigenen Laden. Bei Gelegenheit werde ich mir den Mann und das Geschäft ansehen. Im Moment habe ich bloß Angst, Storm zu verlassen. Ich will bei ihm sein, wenn er das nächste Mal die Augen aufschlägt.

Leider verschlechtert sich sein Zustand. Sein Atem geht schwerer, sein Herz rast und er ist bewusstlos geworden. Verdammt! »Bitte, bitte keine Lungenembolie«, flüstere ich, während ich sein blasses Gesicht streichle. »Du hast ein starkes Immunsystem, du wirst gesund. Hörst du?«

Wie ein Toter liegt er da. Blass und reglos. Zwischendurch blase ich zusätzlichen Sauerstoff mit einer Art Blasebalg, dessen Schlauch in Storms Nase führt, in die Lungen. Ein funktionierendes Beatmungsgerät gibt es hier nicht. Ich kann nur beten, dass es zu keinen weiteren Komplikationen kommt.

***

Spät am Abend schaut Samantha vorbei, um mir Essen zu bringen und mich mit Neuigkeiten abzulenken – die leider nicht gut sind. »Veronica ist verschwunden. Offenbar hat der flüchtige Warrior sie entführt. Jax und die anderen suchen sie.«

Wir wissen beide was es bedeutet, wenn unser einziges Druckmittel verschwunden bleibt.

Nachdem sie das Tablett mit der Gemüsesuppe auf den Nachttisch abgestellt hat, zieht sie einen zweiten Stuhl heran und setzt sich neben mich. »Leg dich mal ein paar Stunden hin. Ich bleibe bei ihm, wenn du willst.«

»Danke dir, aber ich weiche nicht mehr von seiner Seite.«

Fürsorglich fährt sie mir durchs Haar. »Du liebst ihn sehr, hm?«

Ich räuspere mich hart. »Niemals zuvor habe ich so stark empfunden.« Als ich meine Worte begreife, ist es zu spät, und ich habe Samantha gegenüber ein schlechtes Gewissen. Hastig senke ich den Blick. »Tut mir leid.«

»Du musst dich nicht entschuldigen.« Sie drückt meine Hand und lächelt mich an. Wir müssen nicht viel reden. Ich weiß, wie sie fühlt und denkt. Und ich bin froh, dass sie bei mir ist und mich versteht.

Seufzend umarme ich sie und kann meine Tränen nicht zurückhalten. Dieser Schmerz in der Brust zerreißt mich fast.

Samantha streichelt über meinen Rücken. »Wie lange seid ihr zusammen?«

»Noch nicht so lange, aber wir kennen uns schon ein paar Wochen. In dieser Zeit hat er mir gezeigt, wer ich wirklich bin. Was ich wirklich will.« Zitternd atme ich ein und löse mich von ihr. »Er wird ohne Medikamente sterben.«

Jetzt ist Samantha diejenige, die die Stimme senkt und auf den Boden starrt. »Es tut Jax leid, dass er ihn angeschossen hat. Wenn er gewusst hätte …«

Hastig schüttele ich den Kopf. »Er hat nichts falsch gemacht. Storm hatte Sprengstoff dabei. Wie sollte Jax wissen, dass er meinetwegen mitgekommen ist? Jax wollte nur die Stadt beschützen.«

Seufzend atmet sie aus. »Der Bürgermeister überlegt, Resur evakuieren zu lassen.«

Meine Kehle schnürt sich zu, kalter Schweiß drängt aus meinen Poren. Eine Verlegung würde Storm in seinem Zustand nicht überstehen. Er hat eine Lungenembolie, zu allem Unglück im gesunden Lungenflügel, der im Moment allein arbeitet. Er braucht Blutverdünner und Antibiotika. Beides gibt es hier nicht. Ich werde mithelfen, die Patienten von der Station zu bringen, sollte es so weit kommen, jedoch mit Storm zurückbleiben. »Ich lasse ihn nicht allein.«

***

Meine Sorge um Storm bringt mich noch um! Ich halte sie kaum noch aus, da ich weiß: Er wird sterben. In White City hätte er gute Chancen gehabt, aber nicht hier, nicht ohne die richtigen Medikamente.

Daher kommt es mir recht, als Veronicas Kidnapper Ice die junge Frau am nächsten Morgen zu uns bringt. Angeblich hat sie eine Blutvergiftung. Ice, ihr ehemaliger Bodyguard und offensichtlicher Liebhaber, führt sich auf wie ein Gorilla. Da Veronica ohne das richtige Antibiotikum nicht geholfen werden kann, will er nach White City zurückkehren, um die Medizin zu holen.

Das wird er niemals schaffen, er weiß gar nicht, wohin er genau muss. Ich zögere keine Sekunde und biete Ice an, mit ihm zu gehen. Endlich sehe ich Licht am Ende des Tunnels. Gemeinsam mit diesem Warrior könnte es mir gelingen, Storms Leben zu retten.

***

Ich befinde mich erneut in einem tranceartigen Zustand, als ich mit Jax und Ice in der Monorail sitze. Der Zug bringt uns nah an die Kuppel heran, von dort ist es noch ein Stück zu Fuß durch die Wüste bis zum Tunneleingang, aber diesmal habe ich Wasser und eine Pistole dabei.

Jax kennt die Kanalisation wie kein anderer und wird uns unter das Krankenhaus bringen. Danach läuft er weiter zum Regierungsgebäude, um eine abhörsichere Leitung des Zentralrechners anzuzapfen. Wir müssen wissen, was der Senat plant. Ice und ich werden uns währenddessen ins Krankenhaus einschleusen.

***

Der Marsch durch die unterirdischen Gänge weckt Erinnerungen an meine Flucht. Der alte Schmerz keimt auf, aber daran will ich nicht mehr denken. Bevor Storm ohnmächtig wurde und ich ihn operiert habe, hat er gesagt, dass er mich liebt. Ich halte an der Hoffnung fest, dass er mir meinen Verrat vergibt und wir wieder zusammenkommen, auch wenn er in dem kurzen wachen Moment abweisend zu mir war.

Ice und ich schleusen uns über die Wäscherei des Krankenhauses ein. Dort gibt es eine versiegelte Tür in die Kanalisation. Mit meinem Dechiffrierungsgerät habe ich sie schnell geöffnet, und wir verkleiden uns als Ärzte. Ice hat mit seinen breiten Schultern Probleme, einen passenden Kittel zu finden, daher lässt er ihn offen. Dadurch blitzen seine Soldatenkleidung und die Waffen hervor.

»Bleib du lieber hier unten und warte, bis ich zurück bin«, bitte ich ihn und versuche, den mitgebrachten leeren Rucksack unter dem Kittel zu verstecken. Ich kann nur hoffen, niemandem über den Weg zu laufen, den ich kenne. Mittlerweile dürfte sich herumgesprochen haben, dass der Senat mich sucht.

»Keine Chance, Doc, ich komme mit«, sagt er, schnappt sich eine herumstehende Arzttasche und drückt mich auf die Seite.

Leider patrouillieren überall Soldaten, fast in jedem Gang erspähen wir einen Krieger. Ich erkläre Ice, dass wir in den zweiten Stock müssen, da sich dort die krankenhauseigene Apotheke befindet. Entweder warten wir, bis die Luft rein ist, oder er überwältigt die Krieger von hinten und ich betäube sie mit einem flüssigen Anästhetikum, das ich vorsorgehalber mitgenommen habe. Damit wir keine Spuren hinterlassen, zieht Ice die Männer außer Sichtweite.

»Keine Toten«, habe ich im Keller zu ihm gesagt, weil ich ihm angesehen habe, dass ihn die Sorge um Veronica halb wahnsinnig macht.

Zum Glück befindet sich niemand in dem kleinen Fluchttreppenhaus, das wir nutzen, um in den zweiten Stock zu kommen. Nachdem die Wache, die vor dem Lagerraum steht, ausgeschaltet ist und ich das Tuch mit dem Betäubungsmittel von seinem Gesicht nehme, überliste ich mit meinem kleinen Computer den Türöffnungs-Scanner. Mein Daumenabdruck wird sicher nicht funktionieren. Ich möchte es auch nicht ausprobieren, da bei unbefugtem Zutritt der Alarm losgeht.

Die Tür springt auf, und Ice zerrt den Bewusstlosen mit in den Raum. Dort türmen sich Regale voller Verbandsmaterial, Spritzen, Kanülen und Handschuhe bis unter die Decke.

Eine Tür weiter befindet sich die Apotheke. Ich suche zuerst, was wir brauchen, dann stopfen wir möglichst viele Medikamente in unsere Taschen. Gerade, als wir gehen wollen, schrillt ein Alarm los.

»Eindringlinge in Sektor 2!«, tönt es aus den Lautsprechern des Krankenhauses.

»Verdammt!«, ruft Ice und feuert auf eine kleine Überwachungskamera. Ich hatte vergessen, dass es in der Apotheke eine gibt, weil ich hier nie persönlich Medikamente holen musste. Verflucht! Die Kamera muss unsere biometrischen Gesichtsdaten erfasst haben.

Diesmal ist Ice weniger rücksichtsvoll. Während wir zurück in den Keller laufen, feuert er auf den Warrior, der uns vor dem Fluchttreppenhaus entgegenkommt. Ice schießt ihm die Waffe aus der Hand. Als der Mann uns hinterherläuft, stoppt er ihn mit einem Schuss ins Schienbein.

An der Tür zur Kanalisation drückt er mir seine Tasche in die Hand. »Ich halte die Meute auf und komme später nach!«

Ich höre Rufe, die Warrior sind nah. Sie werden die Kanalisation stürmen!

»Ice!« Bevor ich mehr zu ihm sagen kann, macht er kehrt, reißt sich den Kittel herunter und nimmt in jede Hand eine Pistole.

»Du musst zurückgehen, um zwei Leben zu retten!«, ruft er über seine Schulter und ist verschwunden.

***

Fuck!

Erneut stolpere ich durch die Dunkelheit, in der Hoffnung, der Weg ist richtig. Jax war noch nicht am Treffpunkt, ich bin auf mich allein gestellt. Die Taschen scheinen eine Tonne zu wiegen, und ich komme mir vor wie eine Schnecke. Ständig muss ich überlegen, welchen Weg ich einschlage.

Meine Gedanken sind bei Ice und Storm. Ob Ice geschnappt wurde? Wo bleibt er? Oder bin ich auf dem falschen Weg? Dann wird Storm sterben!

Und Veronica dazu …

»Hey, Mark!«

Als plötzlich Jax vor mir auftaucht und ich frontal in ihn laufe, bekomme ich einen halben Herzinfarkt. »Gott sei Dank, Mann! Ice ist zurückgeblieben.«

»Ich weiß, ich konnte nichts mehr für ihn tun«, sagt er und nimmt mir den Rucksack ab. »Hier entlang!«

***

Es ist bereits Nachmittag, als Jax und ich mit der Monorail in Resur ankommen. Ice hat es nicht geschafft. Aber ich, und ich kann nun zwei Leben retten, genau wie es sein Wunsch war, doch offenbar ist das nicht mehr nötig. Da ich Veronica an der Bahnstation sehe, geht es ihr gut – bis sie erfahren wird, dass Ice gefangen genommen wurde. Sie liebt diesen Warrior, und ich will mir nicht ausmalen, wie sie sich fühlt. Jax konnte noch einen Funkspruch abfangen: Ice soll hingerichtet werden. Der Senat will ein Exempel statuieren. Ich kann nur beten, dass dieses verfluchte Regime endlich den Bach runtergeht. Das Volk ist in Aufruhr, die Senatoren versuchen, Schadensbegrenzung zu betreiben. Wir müssen am Ball bleiben und die Unruhen ausnutzen, aber meine Hauptsorgen gelten wie immer allein Storm.

Daher laufe ich sofort in die Krankenstation und leere vor Samanthas Füßen den Rucksack aus. Unzählige kleine Schachteln purzeln heraus, ich wühle in dem Haufen und nehme die richtige Medizin an mich, um sie sofort Storm zu verabreichen. Samantha ist immer an meiner Seite und hilft mir.

Dann kann ich nur noch warten.

Kapitel 5 – Schlimmer statt besser

Mein Rücken und mein Nacken schmerzen höllisch, aber ich will die Augen nicht aufschlagen, sondern weiter von Storm träumen. Die ganze Nacht habe ich an seinem Bett gesessen und muss irgendwann eingeschlafen sein. Mein Kopf ruht auf der Matratze des erhöhten Krankenbettes, und ich genieße das Spiel der Finger in meinem Haar. Sie streicheln über meine Wange und über meinen Hals.

»Wie spät ist es, Sam?«, murmele ich und öffne die Lider.

Es war nicht ihre Hand, sondern die von Storm. Schnell zieht er sie zurück und schließt die Augen.

Ich hebe so ruckartig den Kopf, dass mir schwindelig wird und ein höllischer Stich in mein Rückgrat fährt. Ich bin völlig verspannt. Jetzt könnte ich eine Massage vertragen, was mich wieder an Storm und unsere erste gemeinsame Zeit erinnert.

Schlaftrunken sehe ich mich um. Strahlen der tiefstehenden Morgensonne tauchen das kleine Zimmer in orangefarbenes Licht, aber Samantha ist nicht hier. Ich sitze allein an Storms Bett.

Ja, es war seine Hand. Ich habe nicht geträumt.

Breit grinse ich ihn an. »Wie geht es dir?« Vor Aufregung durchströmt Hitze meine müden Muskeln. Schnell überprüfe ich seine Vitalfunktionen, höre die Lunge sowie sein Herz ab. Dabei blinzelt er mich an. Das Licht blendet seine empfindlichen Augen.

Ich eile zum Fenster, um den Vorhang halb zuzuziehen, damit Storms Kopf im Schatten liegt, und stelle mich neben ihn.

Er starrt mich nur an, sagt kein Wort. Er kann sicher noch nicht begreifen, was passiert ist. Ich erzähle ihm, dass er mit Ice nach Resur kam, um mich zu sehen, er angeschossen wurde, eine Lungenembolie hatte, aber jetzt auf dem Weg zur Besserung ist.

Ich rede und rede und drücke ihm schließlich einen Kuss auf den Mund.

Er reißt die Augen auf und keucht.

Sofort weiche ich zurück. »Tut mir leid, ich freu mich nur so, dass es dir besser geht.«

»Das Regime … Das Video …«, sagt er. Seine Stimme klingt wie ein Reibeisen.

Ich halte ihm eine Tasse Wasser an die Lippen, und er nimmt sie mir ab. Er möchte allein trinken, das ist gut. Seine Hände zittern, er ist sehr schwach, aber er lebt. Lebt! Ich könnte die ganze Welt umarmen.

»Das Regime steht kurz vor dem Sturz«, erkläre ich ihm.

Dass ich die Medikamente geholt habe und Ice deshalb gefangen wurde, erzähle ich ihm nicht. Aufregung würde Storm nicht guttun und ich möchte auch nicht nachdenken, wie es Ice jetzt geht. Es sind nur noch wenige Stunden bis zu seiner Hinrichtung.

Außerdem sollte ich auch nicht gleich erwähnen, dass Sam und ich einmal ein Liebespaar waren. Ich werde es ihm sagen, wenn er sich erholt hat. Dann will ich ihm alles erzählen. Ich will keine Geheimnisse mehr vor ihm haben.

Ich sehe, wie sehr ihn das Trinken anstrengt, und nehme ihm die Tasse ab. »Ruh dich aus. Wir werden alles nachholen, sobald es dir besser geht.«

Nickend schließt er die Augen.

Meine Erleichterung ist immer noch grenzenlos und ich kann den Tag seiner Entlassung kaum erwarten.

***

Da es Storm besser geht, helfe ich den Rebellen, wo ich kann. Ich bin frohen Mutes, denn Ice lebt, er konnte seiner Hinrichtung mit einem Trick entkommen, und er ist mit Veronica auf dem Weg nach New World City. Dort wollen sie Veronicas Mutter und ihre Schwester befreien.

Währenddessen zeichnet sich ein Umsturz ab. Alles sieht danach aus, dass die Senatoren ihre Farce nicht mehr aufrechterhalten können. Die Bürger gehen auf die Barrikaden.

Ein paar Stunden später erreicht uns die erlösende Nachricht: Das Regime ist gestürzt, die Senatoren verhaftet. White City ist frei!

In Resur wird gefeiert, und ich platze in Storms Zimmer, um ihm die freudige Nachricht zu überbringen. Während niemand seine Euphorie verbergen kann, wirkt er unbeteiligt. Nach wie vor hat er nicht viel gesprochen, er schaut mir nicht in die Augen und möchte seine Ruhe haben. In mir keimt ein Verdacht auf: Leidet er an einer Depression? Er wirkt unglücklich und ist ständig müde.

Narkosemittel greifen in den Gehirnstoffwechsel ein und können tatsächlich eine Depression auslösen oder eine schlummernde aktivieren. Ich habe von solchen Fällen gehört. Daher hoffe ich, dass sich Storms Zustand bald gibt und er wieder der alte wird.

Davon abgesehen ist die Welt, wie er sie kannte, zusammengestürzt. Alles, was er für richtig, gut, wertvoll und schützenswert hielt, hat sich als falsch erwiesen. Außerdem hat er einen Mann geliebt, der an vorderster Front gekämpft hat, um genau diese Welt zu zerstören. Und jetzt lebt er bei denen, die er für Feinde hielt. Das ist für jeden Menschen ein Riesending, für einen schwerverletzten 19-jährigen, der noch keine Gelegenheit hatte, die Welt differenzierter zu betrachten, durchaus schlimmer als für mich. Auch mich hat all das mitgenommen, aber ich war lange vorher informiert und vorgewarnt. Storm ist kopfüber in ein neues Leben gepurzelt.

***

Als der nächste Verbandswechsel ansteht, frage ich Storm, warum er sich seine Zöpfchen abgeschnitten hat. Einerseits, um ihn von den Schmerzen abzulenken, andererseits bin ich neugierig. Und ich will ihn endlich reden hören. Er schweigt fast nur.

Er zuckt mit den Schultern, obwohl ihm das sicherlich wehtut, und sagt in einem gleichgültigen Tonfall: »Ich hatte Lust auf eine Veränderung.«

Während er im Krankenbett hockt, wickele ich vorsichtig den Verband um seiner Brust ab. Die Drainagen sind weg und die Naht nässt nicht mehr. Der Durchschuss an seinem Oberarm ist bereits nicht mehr der Rede wert.

»Deine Wunden heilen erstaunlich schnell, wie im Sturm. Du machst deinem Namen alle Ehre.« Ich lächle ihn an, damit er nicht so finster schaut, aber er schnaubt lediglich. Er macht es mir wirklich nicht leicht.

»Storm steht nicht nur für Sturm, sondern auch für Heißblütigkeit, Kampfesgeist, Kraft … der Name passt nicht mehr zu mir.«

Er klingt derart resigniert, dass sich mein Herz verkrampft. »Vorerst vielleicht. Du wirst wieder gesund. Ist es dir lieber, wenn ich dich Kane nenne?«

Nachdem ich den neuen Verband um seine Brust befestigt habe, legt er sich zurück und schließt die Augen. »Ich will gar nichts, bloß meine Ruhe.«

Er wirkt ablehnend und zeigt mir gegenüber keinerlei romantische Gefühle. Wenn ich nach seiner Wunde sehe, lässt er es zu, doch meine Berührungen scheinen für ihn wie Stromschläge zu sein. Er zuckt ständig zusammen. Immerhin lassen sie ihn nicht kalt. Hasst er sie oder unterdrückt er seine Erregung? Spielt er mir vielleicht nur den Traumatisierten vor? Langsam zweifle ich daran, ob er Depressionen hat oder ihn etwas anderes belastet. Oder er mich einfach hasst, weil ich ihn verraten habe. Aber dann hätte er mir nicht seine Liebe gestanden, als er eingeliefert wurde.

Verdammt, der Kerl verwirrt mich! Ich kann kaum klar denken.

Als Arzt tippe ich darauf, dass er eher Depressionen hat. Leider können die im schlimmsten Fall über Jahre hinweg anhalten. Es gibt keine Garantie, dass es Storm bald besser gehen wird. Er könnte sich sogar komplett von mir abwenden, um nicht an die Ursachen seiner Niedergeschlagenheit erinnert zu werden. Schließlich ist seine ganze Welt eingestürzt, sein Lebenszweck existiert nicht mehr.

Bevor ich zurücktrete, streiche ich auf seiner gesunden Seite mit dem Daumen über seine Brustwarze. Sofort zieht sie sich zusammen und Storm keucht auf.

Da stecken noch Gefühle in ihm! Wenigstens sexuelle …

»Rede doch mit mir«, sage ich leise und denke: *Du fehlst mir.* Ich würde auch so gerne über seine stoppelbärtigen Wangen streichen. Er hat sich noch kein einziges Mal rasiert und sieht verdammt männlich aus.

Storm wendet den Kopf ab, die Lider hat er immer noch geschlossen. »Ich will jetzt schlafen.«

Ich vermisse den alten, humorvollen Kerl so sehr, der nackt durch die Wohnung gelaufen ist und überall Unordnung hinterlassen hat.

Ich fühle mich auch müde, und ich fühle mich einsam, obwohl er bei mir ist. Nicht nur Storm hat sein Zuhause verloren. Der monatelange Kampf gegen das Regime und die ständige Angst erwischt zu werden, haben mich ausgelaugt. Aber langsam komme ich in Resur an und orientiere mich neu. Nur erholen kann ich mich nicht, die Sorge um Storm hält mich davon ab.

Verdammt, ich habe ein Anrecht auf meine eigene Depression! Doch die darf ich mir nicht leisten. Sollte sich meine Stimmung allerdings nicht ändern, werde ich mir Antidepressiva aus White City schicken lassen.

***

Ich hätte Zeit, mich um Storm zu kümmern, wenn er mich lassen würde. Da er mich offensichtlich nicht sehen will, lenke ich mich wieder mit Arbeit ab.

Nach dem Sturz des Regimes bin ich entlastet, weil viele Kranke im White City Hospital versorgt werden, also muss ich mir andere Aufgaben suchen. Daher speise ich geschichtliche Daten ins Citynetz, damit die Bürger unter der Kuppel ihr Wissen erweitern können. Der Senat hat ihnen viel verwehrt.

Storm ist weiterhin abweisend und spricht kaum mit mir. Auch wenn mir das Höllenqualen bereitet, kann ich es ihm nicht verdenken. Für ihn bin ich anscheinend nach wie vor jemand, der ihn hintergangen hat.

Die Tage vergehen ohne eine nennenswerte Änderung in seinem Verhalten. Wenigstens gesundheitlich geht es bergauf, wenn auch nicht schnell genug für Storm. Er kann seine Entlassung kaum erwarten.

Ich habe ihm einen nagelneuen Tablet-PC aus White City besorgt, den Veronica mir mitgebracht hat, damit er eine Beschäftigung hat. Auf ihm kann er lesen und spielen. Ich habe Samantha gebeten, ihm den Computer zu geben, von mir hätte er ihn sicher nicht angenommen. Er ist so ein sturer Kerl! Ich weiß langsam nicht mehr, wie ich noch zu ihm durchdringen könnte.

Samantha hat mehrmals versucht, ein Gespräch in meine Richtung zu lenken, aber auch da hat er sofort abgeblockt. Ich sollte mich wohl damit abfinden, dass zwischen uns nichts mehr sein wird. Doch ich kann einfach nicht …

***

Ein paar Tage später bin ich bestimmt genauso aufgeregt wie Storm. Endlich wird er von der Krankenstation entlassen; er muss allerdings gleich zu seiner Verhandlung im Erdgeschoss, also bleibt uns wieder keine gemeinsame Zeit. Ich bete, dass er nicht ins Gefängnis muss. Er kam schließlich als Feind in diese Stadt. Aber wenn alles gutgeht, wird er bei mir wohnen. Darauf freue ich mich ungemein. Dort kann ich in Ruhe zu ihm durchdringen und mit ihm über alles reden was uns belastet.

Samantha hat ihn noch einmal untersucht, weil meine Hände zu sehr zittern. Die Wunde ist hervorragend verheilt, außer einer verblassenden Narbe ist nichts mehr zu sehen und die Schusswunde am Arm ist lediglich ein kreisrunder Fleck auf seiner Haut. Nur anstrengen sollte sich Storm nicht, aber das wird er kaum können, da seine Lungenfunktion noch nicht ganz wiederhergestellt ist. Das kann noch ein paar Wochen dauern.

Ich begleite ihn zu meinem kleinen Zimmer auf derselben Etage, damit er sich duschen und frische Kleidung anziehen kann. Dabei warte ich draußen vor der Tür, weil er sich unter meinen Blicken sichtlich unwohl fühlt. Schämt er sich? Oder hasst er mich?

Schweren Herzens tigere ich im Gang hin und her, allein mit meinen zermürbenden Gedanken, und als er endlich aus dem Zimmer kommt, gehen wir nach unten.

Im Aufzug muss ich ihn anstarren. Er trägt legere Jeans und ein eng anliegendes schwarzes T-Shirt, das seine Muskeln auf geradezu unanständige Weise betont. Da er sich gründlich rasiert hat – einen spitzen Kinnbart hat er stehen gelassen –, ist sein Gesicht glatt, die harten Konturen seiner Wangenknochen stechen hervor.

Früher sind seine Zöpfchen um sein Gesicht gefallen und haben es weicher erscheinen lassen, aber sein neuer Look gefällt mir besser und ich verzehre mich nur noch mehr nach diesem sexy Kerl.

***

In der großen Eingangshalle, die mehrere Stockwerke hoch ist und nach oben spitz zuläuft, herrscht wie immer reges Treiben. Es duftet nach Essen, und Stimmengewirr klingt von überall an meine Ohren. Hier stehen Verkaufsstände, und ein Geschäft reiht sich an das nächste. Es gibt ein Restaurant, zwei Cafés und andere Läden – fast glaube ich mich in einer Shopping-Mall in White City zu befinden, doch es gibt gravierende Unterschiede. Hier sieht es aus wie in einer orientalischen Stadt, was noch von der ehemaligen Hoteleinrichtung herrührt. Von der Hotelbeleuchtung funktionieren nur noch wenige Lampen, weshalb es in der Halle düster ist. Außerdem kann man nirgendwo mit Daumenscan bezahlen, sondern bloß mit diesen Casino-Chips, die die Hosentaschen der Leute ausbeulen. In White City wird bereits an einem neuen Zahlungsmittel getüftelt, das beide Städte benutzen können.

Jax, Samantha, der Bürgermeister und andere des Stadtrates sind Mitglieder des Resurer Gerichtes, das im alten Theater unter Ausschluss der Öffentlichkeit das Urteil über Storm fällen wird. Die Bürger sind diesmal nicht anwesend, weil nach dem Sturz des Regimes möglichst wenig Reibungspunkte geschaffen werden sollen. Es gibt noch genug Vorbehalte gegen Warrior, da braucht niemand zu erfahren, dass Storm den Auftrag hatte, Resur zu zerstören, zumal er es auch nicht wirklich wollte. Er schloss sich dieser Mission nur an, um sich zu vergewissern, dass es mir gutgeht. Ich habe Ice deswegen gelöchert, bis er mir wohl am liebsten an die Gurgel gegangen wäre, weil ich ihn damit genervt habe, aber er hat mir immer wieder dasselbe erzählt: Storm kam, um mich zu sehen.

Ich kann das nicht mehr glauben. Er steht neben mir und schenkt mir keinen Blick.

»Alles Gute«, sage ich zu ihm, als er mit den anderen ins Theater geht.

»Danke«, murmelt er, ohne mich anzuschauen, während sich die Türen vor meiner Nase schließen.

Ich darf nicht anwesend sein, da ich nicht im Stadtrat bin. Ich kann es kaum erwarten, wie die Verhandlung ausgeht und laufe planlos zwischen den Verkaufsständen umher, ununterbrochen die Tür zum Saal im Auge.

Als sie eine Stunde später endlich aufgeht, marschiert Storm an mir vorbei und straft mich mit dieser verhassten Nichtachtung.

Sofort hefte ich mich an seine Fersen. »Wie ist es ausgegangen?«

»Ich bin frei«, antwortet er wenig begeistert.

Über die großartige Nachricht freue ich mich so sehr, dass ich ihn am liebsten umarmen möchte! Aber er bleibt nicht stehen, läuft immer weiter durch die Halle.

»Sollen wir zur Feier des Tages im Restaurant etwas essen?« Also ich bin in Feierlaune. Er ist gesund und ein freier Mann. »Ich kann mich noch eine Stunde von der Arbeit losreißen. Es ist nicht viel zu tun und Dr. Nixon ist auch da.« Mit seinen großen Schritten kann ich kaum mithalten. Kann der Kerl nicht mal stehen bleiben?

»Muss dringend an die Luft«, murmelt er.

»Soll ich dir Resur zeigen?«, rufe ich, da ich mich ein paar Schritte hinter ihm befinde und die zahlreichen Menschen um uns herum für eine beachtliche Geräuschkulisse sorgen.

»Allein.« Er wirft mir solch einen finsteren Blick über die Schulter zu, dass ich abrupt stehen bleibe.

Als hätte er mich geschlagen, erlischt mein Lächeln und die Euphorie ist verflogen. Meine Kehle zieht sich zusammen und hinter meinem Brustbein rast ein höllischer Schmerz bis in mein Herz. Wehmütig und verletzt starre ich ihm nach, während er zwischen den Verkaufsständen des Bazars verschwindet. Eine dumpfe Leere, die einer Ohnmacht gleicht, breitet sich langsam in mir aus. Wann werde ich mich von ihm abwenden, weil ich seine Zurückweisung nicht mehr ertrage?

Erst als sich eine Hand auf meine Schulter legt, wische ich mir hastig über die Augen und drehe mich um. Es ist Samantha. Sie muss uns gefolgt sein.

»Komm, lass uns reden.« Sie nimmt meine Hand und zieht mich in das kleine Café am Ende der Halle. Dort setzen wir uns an einen leeren Tisch, und sie erzählt mir, wie die Verhandlung gelaufen ist.

»Ice hat ein gutes Wort für Storm eingelegt und konnte alle überzeugen, dass er nur deinetwegen hergekommen ist.« Ice hat sich mittlerweile das volle Vertrauen verdient. Er ist die meiste Zeit mit Veronica in White City, um dort eine neue Regierung aufzubauen. »Storm ist ein freier Mann.«

Tief durchatmend senke ich den Kopf und tu so, als würde mich die Speisekarte interessieren. Meine Augen wollen nicht aufhören zu brennen. »Er hasst mich, Sam.« Sosehr ich mich über die Freilassung freue … Sein

Verhalten mir gegenüber bringt mich noch um.

Sie greift über den Tisch und legt ihre Hand auf meine. »Ich habe ihm angesehen, dass er dich liebt.«

»Das kann ich mir kaum vorstellen.« Langsam bekomme ich seinetwegen Kopfweh, und mein Magen ist ein einziger harter Klumpen. Seit Tagen bringe ich kaum etwas hinunter, nur Kaffee hält mich aufrecht.

»Als Bürgermeister Forster ihm erzählt hat, dass du mit Jax und Ice nach White City zurückgekehrt bist, um die Medikamente zu besorgen, hat er sehr ungehalten ausgesehen.«

Ich habe Storm bisher immer noch nichts davon erzählt, damit er sich nicht aufregt. Es gibt so viel zu bereden, wenn er mich bloß lassen würde.

Mein Puls beschleunigt sich, erwartungsvoll schaue ich Sam an. »Hat Storm etwas dazu gesagt?«

»Nur: ›Er ist zurückgegangen? Meinetwegen? Dieser Narr!‹ Dann sah er wütend aus. Ich glaube, er war besorgt um dich und hatte Angst.«

Sie glaubt … aber ihre Worte bringen mein Herz trotzdem zum Stolpern.

***

Ich kann auf der Krankenstation früher Schluss machen und freue mich auf Storm – aber nur wegen Sams Worten. Sie besitzt eine gute Menschenkenntnis und hat mir neue Hoffnung gemacht. Im Laufschritt eile ich durch die düsteren Flure der Pyramide auf unser winziges Zimmer zu und bete darum, dass er von seinem Spaziergang zurück ist und ich ihn antreffe. Endlich können wir wieder richtig zusammen sein. Ich freue mich so sehr darauf. Es wäre schön, wenn Storm jetzt mit mir ins Restaurant geht. Danach könnten wir den Bazar besuchen und am Abend zur neuen Wohnsiedlung schlendern, die hinter der Pyramide gebaut wird. Ich habe einen Antrag gestellt, um eines der begehrten Häuser zu ergattern. Crome und Miraja wohnen bereits dort, aber es sind noch nicht alle Gebäude an Wasser und Strom angeschlossen.

Nein, Mark, mach dir lieber nicht zu viele Hoffnungen, lass es auf dich zukommen.

Als ich unsere Zimmertür erreiche, ist sie lediglich angelehnt. Sie schließt nicht richtig, der Rahmen ist verzogen, und man muss sie ordentlich zuziehen. Ich höre jemanden schwer atmen, daher drücke ich die Tür behutsam auf.

Storm macht auf dem Boden Liegestützen, mit dem Rücken zu mir, sodass er mich nicht sieht. Sein nackter Oberkörper glänzt, und ich bewundere das Spiel der Muskeln und die strammen Pobacken, über die sich seine Jogginghose spannt. Veronica war so lieb und hat Ice zu Storms ehemaliger Wohnung in White City geschickt, um seine persönlichen Sachen zu holen. Sie stapeln sich in Kisten überall im Raum. Auch von mir befinden sich Dinge hier, aber viel wollte ich nicht, nur etwas technischen Krimskrams und Kleidungsstücke. Ich will in Resur mit Storm neu anfangen.

Plötzlich dreht er sich auf den Rücken, presst die Hand auf seine Narbe an den Rippen und kneift die Lider zusammen. Seine Lunge pfeift leise, er schnappt nach Luft und hustet.

Auch wenn seine Wunden schneller heilen, da er als Warrior außergewöhnliche Selbstheilungskräfte besitzt, ist er kein Gott. Daher sage ich leise: »Du solltest dich noch nicht so anstrengen.«

Er reißt die Augen auf und hockt sich hin. »Fuck, hast du mich erschreckt!«

Er hat mich nicht bemerkt.

Nachdem er sich eins seiner Shirts geschnappt hat, springt er auf und wischt sich mit dem Stoff den Schweiß vom Oberkörper. Dann schleudert er es in eine Ecke und zieht sich ein frisches Shirt über. Gut, dass Ice seine Kleidung mitgebracht hat, denn als Warrior hat Storm Probleme, bei seiner Größe in Resur etwas Passendes zu bekommen. Doch seit die Kuppel ihre Tore geöffnet hat, ist das Warenangebot größer geworden. Der Handel zwischen White City und Resur kommt langsam ins Rollen. Hoffentlich erscheint noch dieses Jahr das neue Zahlungsmittel, denn diese Casino-Chips sind unhandlich. Damit bezahle ich auch das Mädchen Emily, das jede Woche meine Schmutzwäsche abholt. Als Arzt verdiene ich angemessen, der Stadtrat entlohnt mich, daher unterstütze ich gerne Menschen, denen es nicht so gut geht. Emily kann die Wäsche entweder per Hand oder in einer der großen ehemaligen Hotelmaschinen waschen, die im Keller der Pyramide stehen. Leider funktioniert nur noch eine, weshalb der Andrang riesig ist. Einzig die Krankenhauswäsche hat Vorrang. Doch seitdem einige Resurer im White City Hospital untergebracht wurden, sind Kapazitäten freigeworden. Außerdem sollen bald neue Maschinen aus White City eintreffen. Nach und nach hält die moderne Technik hier Einzug.

»Wo willst du hin?«, frage ich Storm, als er vor mich tritt. Da ich an der Tür lehne, kommt er nicht hinaus.

Er steht dicht bei mir und murmelt, ohne mich anzusehen: »Lass mich vorbei.«

Mein Magen zieht sich zusammen. Ich würde mir so sehr wünschen, dass wir etwas gemeinsam unternehmen. »Irgendwann müssen wir miteinander reden. Vielleicht bei einem Abendessen?« Ich halte die Luft an. Hoffentlich sagt er zu. Eine ordentliche Mahlzeit würde ihm nicht schaden. Er ist dünner geworden.

Storm vergräbt die Hände in den Hosentaschen und starrt immer noch auf den Boden. »Da gibt's nichts zu reden. Lass mich raus. Ich brauche frische Luft.«

»Du warst doch vorhin schon spazieren!« Am liebsten möchte ich ihn rütteln! Aber ich muss behutsam vorgehen. Vielleicht ist er traumatisiert. Immerhin wurde er angeschossen und ist fast gestorben.

Offenbar macht es ihm auch zu schaffen, dass er seine alte Form noch nicht zurück hat. Er ist ein Warrior. Er braucht die körperliche Verausgabung. Es war für ihn schon schlimm, als er wegen seines gebrochenen Beines im Krankenhaus lag.

»Kannst du Jax jemals verzeihen, dass er dich angeschossen hat?«, frage ich.

Abrupt hebt er den Kopf. »Ich hege keinen Groll gegen ihn.«

»Aber seinetwegen …«

Storm beugt sich vor und stützt sich mit einer Hand neben meinem Kopf an der Tür ab. »Er ist ein großartiger Warrior. Einer der besten. Mit diesem exakten Schuss an meiner kugelsicheren Weste vorbei hat er das mal wieder unter Beweis gestellt. Die Kugel wäre direkt in mein Herz gegangen, wenn mein Arm sie nicht abgebremst hätte.«

Er bewundert Jax, das erkenne ich am Glanz seiner Augen. Nur seine Worte schockieren mich. Wünscht er sich etwa, er wäre getötet worden?

Ich räuspere mich. »Wollen wir dann vielleicht später noch etwas zusammen unternehmen?« Es wird Zeit, ihn in die Gesellschaft einzugliedern. Ich möchte ihm so gerne dabei helfen. Bestimmt fühlt er sich wie ein Außenseiter, weil er nirgendwo richtig dazugehört. Noch nicht. Er kann nicht mit Jax trainieren, weil ihm dazu die Kraft fehlt, und all die anderen Warrior, die in Resur geblieben sind, haben sich der Truppe angeschlossen.

Zurück nach White City kann Storm auch nicht, denn dort war er auch nie etwas anderes als ein Soldat, und die haben jetzt eine polizeiähnliche Funktion übernommen. Dazu ist er ebenfalls noch nicht fit genug.

Es gäbe noch Nitro, seinen alten Kumpel, aber der saß hier im Gefängnis, bis er eine Krankheit vorgetäuscht und Sonja, die Freundin von Samantha, als Geisel genommen hat, um zu fliehen. Als er sich Tage später freiwillig gestellt hatte und Sonja unversehrt war, kam er wieder in Haft.

Storm hat außer mir niemanden. Wieso will er allein sein? Niemand ist gern allein.

Tief atme ich durch und ziehe eine Schachtel aus meiner hinteren Hosentasche. Es sind Antidepressiva aus White City, die ich mir habe schicken lassen. Es wird längst Zeit, dass er sie nimmt. Räuspernd halte ich ihm das Medikament hin. »Wenn du morgens und abends je eine Tablette schluckst, könnte es dir … psychisch bald besser gehen.«

Sein Blick verfinstert sich. »Ich nehme nichts, was unter diesem verdammten Regime entwickelt wurde!«

Das hatte ich befürchtet.

Aus meiner vorderen Hosentasche hole ich zwei Geldchips und drücke sie ihm in die Hand. »Falls du dir was kaufen willst.«

Als ich seine große, warme Hand berühre, die mich früher fest gehalten und zärtlich gestreichelt hat, würde ich ihn am liebsten küssen. Er ist mir so nah und doch meilenweit entfernt.

»Danke«, murmelt er.

Schweren Herzens trete ich zur Seite und lasse ihn gehen. Irgendwann wird er zu sich kommen und mit mir reden. Die Zeit muss ich ihm geben. Ich hoffe, dass ich mir die Zeit ebenfalls geben kann.

***

Ich liege neben ihm und kann nicht schlafen, obwohl mir die letzten Tage gehörig in den Knochen stecken. Doch ich bin zu aufgeregt. Es ist die erste gemeinsame Nacht in Resur mit Storm in einem Bett. Zum Glück ist es breit genug für uns beide und zugleich so schmal, dass wir uns zwangsläufig berühren. Er hat mir den Rücken zugedreht und atmet schnell. Offenbar träumt er schlecht. Seine Silhouette zeichnet sich schwach ab, da sich hinter ihm das schmale Fenster befindet. Der Mond wirft sein sanftes Licht in unser Zimmer, und ich bewundere Storms breite Schultern und schmale Hüften. Wegen der Wärme im Raum trägt er nur eine Shorts, genau wie ich, und die Decke ist bis zu seiner Taille gerutscht. Früher hätte ich mich sofort auf ihn gestürzt, um ihn zu vernaschen. Jetzt traue ich mich nicht. Seine ständige Ablehnung hat mich verunsichert. Außerdem ist er noch nicht ganz fit.

Als sich Storm auf den Rücken dreht und die Hand auf seine verletzte Seite legt, stöhnt er verhalten.

»Alles okay?«, frage ich leise.

»Hm«, brummt er.

Regungslos starre ich auf sein Profil, bis ich ihn entspannt atmen höre. Ob er wieder eingeschlafen ist? Seine Lippen sind leicht geöffnet, das Gesicht mir zugedreht. Wie eine Einladung.

Ganz vorsichtig, Millimeter um Millimeter, beuge ich mich über ihn.

Verdammt, ich kann nicht widerstehen. Seine Nähe weckt alte Erinnerungen und Sehnsüchte … Ich muss ihn berühren. Ihn riechen und küssen. Nur ein Mal.

Behutsam streifen meine Lippen seinen Mund, während ich eine Hand auf seinen Bauch lege. Storms weiche Haut zu spüren macht alles schlimmer – ich will ihn so sehr!

Zu meiner Überraschung erwidert er den zarten Kuss. Er fährt mit den Fingern in mein Haar, um meinen Kopf näher zu sich zu holen.

Träume ich auch nicht?

Ich kuschle mich an ihn, wobei ich selig grinse. Hitze wabert durch mich, ich fühle mich schwerelos. Endlich …

Ein Adrenalinstoß macht mich wagemutiger, daher lasse ich meine Hand auf seinem Bauch tiefer gleiten und unter dem Bund der Shorts verschwinden, bis ich an seine Erektion stoße.

Storm drückt mir die Hüften entgegen, während ich ihn umfasse und an ihm reibe. Unsere Küsse werden heißer, seine Zunge schnellt in meinen Mund.

Mein Magen beginnt zu flattern. Ich freue mich, dass ich ihn endlich zurück habe. Jetzt wird alles gut.

Meine Erregung schießt in die Höhe. Ich drücke meinen harten Penis durch den Stoff meiner Hose an seinen Oberschenkel und reibe mich an ihm. Meine Eichel kribbelt, pure Lust rast durch meine Lenden. Viel zu lange habe ich auf dieses Vergnügen verzichtet. Dafür kann ich mich jetzt kaum beherrschen.

»Storm …«, flüstere ich und küsse seinen Hals. Er riecht dort so gut.

Nach ihm und frischem Schweiß.

Mein Daumen kreist über seine pralle Kuppe, ein erster Tropfen perlt hervor.

Plötzlich dreht er den Kopf zur Seite und zieht meine Hand weg. »Mark, ich kann nicht so tun, als ob nichts gewesen wäre.«

Mein Puls rast. »Lass es uns für eine Nacht vergessen.«

Ich fahre mit der Hand erneut in seine Hose, um ihn fest zu massieren. Ich will seinen Verstand ausschalten, sehne mich nach ihm. »Ich will dich.«

»Du willst mich?« Seine Stimme klingt wie ein Knurren.

Er setzt sich auf und drückt mich von sich, dann dreht er mich auf den Bauch und reißt mir die Shorts herunter.

Warum ist er auf einmal wütend? Was habe ich falsch gemacht?

Hektisch schaue ich über meine Schulter. Storm leckt sich die Finger ab, sein Blick ist auf mich gerichtet. Im schwachen Lichtschein erkenne ich Zornesfalten zwischen seinen Brauen.

Er schiebt die feuchten Finger zwischen meine Pobacken und drängt sich an mich. Sein harter Schaft drückt an meine Pforte.

»Willst du das?«, grollt er. »Im Ernst?«

Nein, nicht so, das ist falsch, geistert mir durch den Kopf. Aber wenn ich ihn auf diese Weise zurückholen kann?

Nein, nicht auf diese Art, Mark, so nicht! Was tust du? Das darfst du nicht zulassen!

Er wird mir wehtun, doch ich bleibe erstarrt liegen, nur mein Herz rast wie verrückt. Will ich mich wirklich opfern?

Obwohl ich Angst habe, lässt meine Erregung nicht nach. Weil ich zu lange auf Sex verzichtet habe? Oder weil ich ihm vertraue? Kann ich das? Ich erkenne ihn nicht wieder. Er ist nicht mehr der Mann von damals.

»Du willst ordentlich durchgefickt werden, ist es das?« Seine Stimme wird immer lauter, er presst sich weiterhin an mich, aber noch ist er nicht in mir.

Er will mich nehmen, hart und rücksichtslos.

Gott, so habe ich mir das für mein erstes Mal nicht vorgestellt.

Ich bin hin und her gerissen. Einerseits genieße ich den festen Griff an meiner Hüfte, es macht mich an, wie er seine ganze Länge zwischen meinen Pobacken reibt – dennoch ist es nicht richtig. Nicht so.

Plötzlich weicht er zurück. »Du würdest wirklich zulassen, dass ich dich …« Seine Stimme bricht, er springt aus dem Bett und zieht sich hastig an, ohne Licht zu machen.

Ich richte mich ebenfalls auf und ziehe das Bettlaken über meine Erektion. »Wo willst du denn jetzt hin?«

Ohne ein weiteres Wort verlässt er das Zimmer.

Ich überlege kurz, ihm hinterherzulaufen, aber das würde alles nur schlimmer machen. Ich war zu forsch, habe es gründlich versaut.

Frustriert schlage ich mit der Faust auf die Matratze und vergrabe mein Gesicht in Storms Kissen, in dem immer noch sein Geruch und seine Wärme hängen.

Zitternd atme ich ein und schließe die Finger fest um meinen Schaft. Ich brauche bloß wenige Striche, dann greife ich nach meiner Shorts, die am Fußende liegt, und verströme mich in den Stoff.

Aber der Höhepunkt bringt keine Erlösung. Tief in meiner Brust bleibt der brennende Schmerz bestehen. Er ist sogar stärker geworden.

Wäre ich damals in White City nur nicht so unvorsichtig gewesen. Dann hätte mich Storm niemals erwischt, ich hätte nicht fliehen müssen, er wäre nicht angeschossen worden … Alles wäre zwischen uns in Ordnung.

***

Es heißt, die Zeit heilt alle Wunden, doch bei Storm bin ich mir nicht sicher. Ich bekomme ihn kaum zu Gesicht. Als ob er mir absichtlich aus dem Weg geht, sobald ich von der Krankenstation komme. Oder er schläft und dreht mir dabei den Rücken zu. Überhaupt schläft er viel, redet kaum, wirkt abweisend und geht ständig spazieren. Immer allein.

Körperlich sind wir uns auch nicht mehr nähergekommen.

»Ich ersticke in dem Loch«, sagt er oft, was ich ihm nicht verdenken kann. In dem winzigen, vollgestopften Zimmer fühle ich mich auch nicht wohl und kann es kaum erwarten, wenn wir endlich in unserem Haus wohnen. Noch zwei Tage, dann können wir einziehen. Ich habe bereits begonnen, die Wände zu streichen. Nicht weiß, sondern rot, blau, orange … Ich will Farbe in meinem Leben.

Da ich abends oft allein bin, habe ich sonst nicht viel zu tun, außer Bürgermeister Forster oder Jax brauchen mich wegen einer technischen Sache. Ich habe eine stabile Funkverbindung nach White City eingerichtet und Sonja gezeigt, wie man die Shuttles modifiziert und von den Satelliten trennt. Der Warrior Rock gibt einigen Leuten Flugstunden und bildet Piloten aus. Das Leben nimmt seinen Lauf, nur bei Storm und mir hakt es. Dabei möchte ich ihm endlich ein normales Leben ermöglichen. Er nimmt nichts davon an, sogar ein Jobangebot des Bürgermeisters hat er ausgeschlagen. Storm hätte mir fürs Erste in der Bibliothek helfen können, Dokumente und Bücher einzuscannen, um das Wissen den Bürgern von White City zukommen zu lassen. Mir hätte gefallen, mit ihm zusammenzuarbeiten. Wahrscheinlich hat er deshalb abgelehnt. Forster hatte aber noch einen anderen Vorschlag: Sobald es Storm körperlich besser geht, könnte er mithelfen, einen Jahrmarkt aufzubauen. Der Stadtrat plant jetzt schon für die große Ein-Jahr-Feier zum Sturz des Regimes.

Wenn ich Samantha nicht zum Reden hätte, wäre ich wohl schon verrückt geworden. Sie ist die Einzige, mit der ich meine Gedanken teile.

In der Mittagspause sitzen wir in unserem kleinen Büro und trinken Kaffee.

Welch seltenes Gut in Resur, zumindest vor dem Fall des Regimes, als ich mich überwiegend mit Malzbrühe über Wasser gehalten habe, die man in Resur kaufen kann. Samantha hatte jedoch einen Geheimvorrat Kaffee, den

Jax im Transportshuttle gefunden hat, mit dem sie von den Zuckerrohrplantagen geflohen sind. Das Getränk hat sie in besonders harten Nächten am Leben erhalten, genau wie mich, als ich um Storms Leben gekämpft habe.

Sie nimmt einen großen Schluck aus ihrer Tasse und schließt genussvoll die Augen. »Es geht nichts über eine ordentliche Dosis Koffein.«

Seitdem die Mauern gefallen sind und zwischen White City und Resur Waren getauscht werden, hat der Luxus in den Outlands Einzug gehalten. Kaffee ist nun leichter zu bekommen.

»Wäre da nicht das schlechte Gewissen«, setzt sie hinzu.

Sie hat mir erzählt, wie die Sklaven auf den Plantagen ausgebeutet und behandelt wurden. Jetzt sollen dort freiwillige Arbeiter zu einem anständigen Lohn angestellt werden.

»Ein schlechtes Gewissen hatten die Menschen vor der Bombe deswegen wohl auch nicht, obwohl damals schon teils katastrophale Zustände auf den Feldern herrschten.« Das habe ich in einem Buch gelesen.

Sie dreht die Tasse in ihren Händen und murmelt: »Warum muss sich die Geschichte ständig wiederholen?«, danach richtet sie den Blick lächelnd auf mich. »Was macht Storm? Hat er Bürgermeister Forsters Jobvorschlag angenommen?«

Ich schüttle den Kopf.

»Was treibt er denn so?«

»Ich weiß nur, dass er morgens verschwindet und oft erst spätnachts zurückkommt«, erzähle ich ihr. »Ich habe keine Ahnung, wo er den ganzen Tag steckt. Aber mit dem Geld, das ich ihm gegeben habe, hat er sich Messer gekauft. Ich mache mir Sorgen.«

Samantha stellt ihre Tasse auf einen Aktenstapel. »Gib ihm noch ein wenig Zeit. Er muss das alles erst verarbeiten. Die schwere OP, den Sturz des Regimes …« Sie lehnt sich in ihrem Stuhl zurück und verschränkt die Arme über ihrem Kittel. »Anne hat ihn gesehen. Wir haben vor ein paar Minuten miteinander geredet, als ich ihr eine Salbe für ihren verstauchten Fuß gegeben habe.«

Anne ist eine fröhliche und beliebte Resurerin, die unter anderem die leerstehenden Häuser zuteilt, daher kenne ich sie. »Wo hat sie ihn gesehen?«

An Sams Blick merke ich, dass mich die Nachrichten nicht erfreuen werden.

»Er streift öfter zwischen den Ruinen umher und jagt Klapperschlangen. Mit einem gezielten Wurf trennt er ihnen die Köpfe ab. Dann verkauft er die Häute und das Fleisch. Mittlerweile kennen ihn alle als Snake-Man.«

»Das höre ich zum ersten Mal«, sage ich leise und starre in meine leere Tasse. »Er erzählt mir nie, was er treibt.«

Aufmunternd lächelt sie mich an. »Ich bin nicht unglücklich, dass er sich der Schlangenplage annimmt. Durch die Bisse gibt es jedes Jahr viele Tote. Aber er lässt sich mit den falschen Leuten ein. Am Stadtrand treibt sich ziemlich viel Gesindel herum.«

»Er wurde am Stadtrand gesehen?« Ich weiß, dass man diese Zone lieber meiden sollte. Dort gibt es zu viele wilde Tiere und ... Außenseiter.

Samantha beugt sich vor und drückt meine Hand. »Was ich dir jetzt sage, bleibt unter uns, ja?«

Ich schlucke. Was kommt noch? »Natürlich.«

»Nachdem Anne bei mir war, hat Jax kurz vorbeigesehen. Bürgermeister Forster hat zu ihm gesagt, Storm wird noch im Gefängnis landen, wenn er nicht endlich zu sich kommt. Auch der Stadtrat hat mitbekommen, dass sich Storm mit Messern eingedeckt hat und sich nicht eingliedern will. Der Job in der Bibliothek wäre für den Anfang ideal für ihn gewesen. Es spricht sich herum, dass in Resur ein psychisch labiler Warrior herumläuft, der Kontakte zu Drogensüchtigen und Schlägern pflegt. Forster hat Angst, er könne Amok laufen.«

Keuchend schließe ich die Augen, der heiße Kaffee brennt in meinem Magen. »Ich weiß nicht mehr was ich tun soll, Sam. Ich komme nicht an ihn heran.«

»Wir machen uns alle Sorgen um ihn, aber ich sehe, wie es dich auffrisst. Vielleicht sollte er eine Therapie machen?«

»Ich müsste ihn einsperren und gewaltsam mit Psychopharmaka vollpumpen. Ich habe ihm Tabletten angeboten, aber er will keine Medikamente aus White City.« Atemlos schüttle ich den Kopf und springe auf. Verdammt, ohne diese Medizin wäre er tot! »Das werde ich ihm nie antun.«

Samantha stellt sich zu mir. »Das weiß ich, und von solch drastischen Maßnahmen spreche ich auch nicht. Besuch doch mal Tims Laden. Dr. Nixon sagt, er hat pflanzliche Antidepressiva. Vielleicht würde Storm die nehmen?«

»Tut mir leid, ich wollte dich nicht anfahren.« Ich umarme sie und stecke meine Nase in ihr Haar. Ihr Duft und ihre Nähe erinnern mich an das, was wir früher hatten. Wir beide werden für immer durch unsere Vergangenheit auf besondere Art miteinander verbunden sein, und darüber bin ich sehr froh. Aber mein Herz gehört Storm. Immer noch. Nur wie lange hält es noch stand?

»Ich werde Tim besuchen«, sage ich resolut. »Und für Storm übernehme ich die volle Verantwortung.« Ich möchte nicht darüber nachdenken, was passiert, wenn sich sein Zustand nicht ändert, doch dank Sam habe ich wieder etwas, woran ich mich klammern kann.

***

Nachdenklich drehe ich das braune Glasfläschchen zwischen den Fingern. Ich habe Tim besucht und diese Pillen gekauft. Sie enthalten Johanniskraut in hoher Dosierung. Schon die alten Römer nutzten es als Heilmittel, erklärte mir Tim. Ich glaube, ich muss mich näher mit der Pflanzenheilkunde beschäftigen. Scheint ein sehr interessantes Gebiet zu sein.

Den ganzen Abend warte ich bereits im Zimmer auf Storm. Ein Mal am

Tag kommt er vorbei, um sich umzuziehen oder etwas von seinen Sachen mitzunehmen. Wohin bringt er sie? Lebt er bei einem anderen?

Letzte Nacht kam er nicht mehr nach Hause. Soll ich nicht bemerken, wie unruhig er schläft? Er stöhnt und schlägt um sich. Er hat mir sogar unabsichtlich einen leichten Kinnhaken verpasst, wurde davon wach und floh in die Nacht hinaus.

Draußen ist die Sonne bereits untergegangen. Da ich kein Licht gemacht habe, hocke ich im Halbdunkel der Dämmerung und starre aus dem Fenster. Den luxuriösen Blick auf die Ruine gegenüber genieße ich nicht, da ich in meinen Gedanken wie fast ständig bei Storm bin. Hoffentlich lässt er sich von mir helfen.

Als endlich die Tür aufgeht, drehe ich mich nicht zu ihm um. Er schleicht ins Zimmer und schenkt mir immerhin ein gemurmeltes »Hi«. Danach beginnt er, Kleidungsstücke in seinen Rucksack zu stopfen. Alles sieht danach aus, dass er für länger verschwindet. Oder geht er endgültig?

Das Atmen fällt mir schwer und der Kummer frisst an meinem Herz. Das darf nicht das Ende sein.

Während er packt, kehrt er mir den Rücken zu. Danach zieht er sich ein frisches Shirt an und pfeffert das alte wie immer in eine Ecke. Langsam macht er mich wütend! Und ich komme mir ausgenutzt vor. »Ich bin gut genug, um deine Wäsche zu waschen, aber sonst? Warum kommst du überhaupt noch her?«

Er dreht sich zu mir um und starrt mich an. Sein Mund klappt auf, als ob er mir etwas mitteilen wollte, und er sieht so traurig aus wie ich mich fühle. Dann huscht wieder diese Teilnahmslosigkeit über sein Gesicht. Er will das Zimmer verlassen, doch da springe ich auf und stelle mich vor die Tür.

»Storm, ich glaube, du leidest an Depressionen«, sage ich ruhiger, »daher auch deine betrübte Stimmung.«

Er leugnet es nicht, sondern murmelt: »Darf ich vorbei?«

Fest blicke ich ihm in die Augen, deren wunderschöne Farbe ich in der Düsternis leider nicht sehen kann. Ich erkenne allerdings genug, um zu bemerken, dass er mich nicht anschauen kann.

Ich halte ihm das Fläschchen vor die Nase. »Ich habe dir neue Medizin besorgt, welche aus Resur, die dir helfen kann. Sie ist pflanzlich, aus Johanniskraut. Bitte nimm sie.«

Ein Muskel in seiner Wange zuckt, seine Brauen schieben sich zusammen. »Sofern ich dadurch nicht meine alten Kräfte zurückbekomme, interessiert mich das Zeug nicht.«

Am liebsten würde ich schreien: *Verdammt, ich will dir doch nur helfen, verstehst du das nicht?* Aber ich bleibe ruhig. »Wenn man eine Depression überwindet, können auch die alten Kräfte wiederkommen.«

Zögerlich nimmt er das Fläschchen an sich und steckt es in den Rucksack.

Erleichtert atme ich auf. Das ist ein Anfang. Aber wird er die Tabletten nehmen? »Du wurdest mit den falschen Leuten gesehen. Vielleicht ist es besser, du bleibst hier.«

Schnaubend schiebt er mich auf die Seite und verschwindet.

Wie ich es auch anpacke, ich mache es falsch. Vielleicht muss ich mich endgültig damit abfinden, ihn für immer verloren zu haben. Aber noch will ich nicht aufgeben, meine Gefühle für diesen Kerl sind einfach zu stark.

Kapitel 6 – Drei Tage später

Ich muss endlich wissen, wo sich Storm nachts herumtreibt. Mittlerweile sehe ich ihn kaum noch, und in den Nächten kommt er gar nicht nach Hause. Ich vermisse ihn und mache mir große Sorgen. Daher habe ich beschlossen, ihn aufzuspüren. Ich möchte mich nur vergewissern, dass es ihm gutgeht und er keine Dummheiten macht.

Da er immer noch den Senderchip in sich trägt – der jedem Warrior nach der Geburt am Nacken implantiert wird –, habe ich mir Jax' Handycom ausgeliehen. Dieser winzige Computer, der wie eine Uhr um das Handgelenk gebunden wird, wurde modifiziert und funktioniert nun wie ein Peilsender. Ich muss bloß dem Signal des Chips folgen. Eine leuchtende Kompassnadel schwebt über dem Gerät und zeigt mir den Weg.

Mit dem Rad fahre ich durch die düsteren Gassen und zwischen den Ruinen der Hochhäuser durch. Die Straßen sind geräumt, aber die Gegend wird immer ungemütlicher und Laternen gibt es so weit draußen auch nicht. Der Dynamo an meinem Reifen erzeugt gerade mal genug Strom für das mickrige Licht an der Lenkstange.

Hier leben nur noch Einsiedler. Leute, die unter sich bleiben wollen, Gangs und Schwarzhändler. Eben jene, die sich nicht der Gemeinschaft in Resur anschließen wollen. Sie lassen die Stadt in Ruhe und kommen höchstens in ihre Nähe, um ihre Wasservorräte aufzufüllen, ansonsten führen sie ihr eigenes Leben, haben eigene Regeln. Sie sind die Außenseiter der Outlands. Was sucht Storm bei ihnen?

Das Signal wird stärker, die Kompassnadel blinkt. Gleich muss ich bei ihm sein. Ich fahre an verbeulten Metalltonnen vorbei, in denen Feuer brennen. Jugendliche sitzen davor, betrinken sich, nehmen Drogen und sehen mich an, als wäre ich einer von der Stadtwache.

Ich schaue sie nicht an, um sie nicht zu provozieren. Mein Puls rast, das Shirt klebt an meinem feuchten Rücken. Die Hitze des Tages liegt noch zwischen den Häusern; aus der Wüste weht ein kühler Wind.

Ich befinde mich fast am alten Stadtrand. Hier gibt es streunende Wildtiere, die nach der Bombe aus Zoos geflohen sind und sich vermehrt haben. Löwen, Pumas ... Ich schlucke. Zu gerne hätte ich eine Pistole bei mir, aber nur Jax' Truppe und die Stadtwache dürfen Waffen tragen. Ich muss mich mit einem Küchenmesser zufriedengeben, das ich hinter meinem Gürtel in den Hosenbund geschoben habe.

Ich will mich nicht fürchten, ich muss Storm sehen. Nur ganz kurz, dann drehe ich sofort um. Allein die Sorge um ihn treibt mich voran.

Als ich Gelächter höre, verlangsame ich die Fahrt und stelle das Rad hinter einem dunklen Gebäude ab. Vorsichtig luge ich um die Ecke und vernehme leise Musik, irgendwelche schrillen Töne. Nicht mein Geschmack.

Sie kommen aus einem einstöckigen Haus, das gut erhalten ist. Zwar ist die Farbe abgeblättert und die alten Ziegelsteine sind zu erkennen, aber alle Fenster sind heil. »Manuels Pub« lese ich auf einem schiefen Schild über der Tür. Hinter den Fenstern brennt Licht, doch sie sind mit Zeitungspapier beklebt. Ich kann nicht hineinschauen.

Das muss ich auch nicht, da ist Storm! Er steht etwas abseits bei einer Tonne, in der ebenfalls ein Feuer brennt. Neben ihm befindet sich ein Mann in seinem Alter. Er hat so helles Haar wie ich und sieht nicht schlecht aus, aber er wirkt etwas ungepflegt. Er trägt, genau wie Storm, zerschlissene Jeans, die ihnen tief auf den Hüften sitzen, und Muskelshirts. Einziger Unterschied: An Storms Gürtel hängt eine auffallend große Messerscheide. Ich habe sie noch nie an ihm bemerkt, nur die kleinen. Mit dieser Klinge tötet er wohl die Klapperschlangen.

Die zwei lachen, und das tut mir weh. Mit mir lacht Storm nie. Doch ich sollte froh sein, dass es ihm gutgeht. Im Moment sieht er nicht aus, als würde er an Depressionen leiden, was aber auch daran liegen könnte, dass es bei Depressiven normal ist, für Fremde eine Fassade aufrecht zu erhalten. Oder allein ich bin für sein trübes Gemüt verantwortlich, was mir einen weiteren Stich verpasst.

»Hey, Snakeman, Lust auf ’ne schnelle Nummer?«, fragt Blondie und überreicht Storm eine grüne Flasche. Offensichtlich enthält sie Alkohol, denn der junge Kerl lallt.

Grinsend schüttelt Storm den Kopf und nimmt einen Schluck. Dann reicht er die Flasche zurück. »Nicht heute, Luke. Außerdem bekommst du eh keinen mehr hoch, du bist abgefüllt bis Oberkante.«

Nicht heute?!

Keuchend ziehe ich mich zurück und drücke den Rücken gegen die Hausmauer. Heißt das, die beiden hatten … Magensäure steigt meine Speiseröhre herauf, und ich schließe die Augen. »Bitte nicht«, flüstere ich. Tu mir das nicht an.

Während ich vor Sorgen vergehe, amüsiert er sich mit anderen Typen? Das darf nicht wahr sein! Mir ist plötzlich so schlecht, dass ich fast würgen muss. Meine Augen brennen, meine Knie zittern. Ich will nicht eifersüchtig sein, doch ich liebe den Kerl so sehr! Aber er hat offenbar keinerlei Interesse mehr an mir. Damit muss ich mich abfinden.

»Fuck!« Frustriert schlage ich den Hinterkopf gegen die Mauer und begrüße den neuen Schmerz. Ich will Storm nur noch einmal sehen, dann werde ich fahren.

Erneut schiele ich am Haus vorbei, da hebt Storm den Kopf und schaut genau in meine Richtung.

Hastig verstecke ich mich wieder. Ob er mich im Dunkeln erkannt hat? Mein Puls rast. Natürlich hat er das. Ich höre ihn rufen: »Ich muss gehen, Luke. Man sieht sich!« – keine zwei Sekunden später presst mich seine muskulöse Gestalt gegen die Wand, sodass ich das Messer hinten in meinem Hosenbund spüre.

»Spionierst du mir nach?«, knurrt er.

Die ungewohnte Nähe zu ihm fährt mir in alle Glieder. Am liebsten möchte ich ihn umarmen und den Zorn aus seinem Gesicht küssen. »Ich hab nur ein Auge auf dich, damit Bürgermeister Forster dich nicht wegsperren lässt. Pass auf, mit welchen Leuten du dich abgibst!«

Er schnaubt verächtlich, weicht jedoch nicht zurück. »Lass das mal meine Sache sein.«

Seine ablehnende Art macht mich noch wahnsinnig! »Du gehst in zwielichtige Spelunken, betrinkst dich und machst mit diesem Typen rum. Ich kenne dich nicht mehr.«

»Ich kenne mich selbst nicht mehr«, sagt er leise.

Glänzen seine Augen? Es ist zu dunkel, ich bin nicht sicher.

Abrupt läuft er weg und die Nacht verschluckt ihn.

»Storm!« Verdammt, was ist nur los mit ihm? Ich muss es endlich wissen!

Erneut aktiviere ich das Handycom und folge dem Signal.

***

Eine Viertelstunde später schnaufe ich die nie enden wollenden Stufen eines ehemaligen Hotels nach oben. Im Treppenhaus ist es stockdunkel, bloß das Handycom spendet mir ein gespenstisches grünes Licht. Storm ist irgendwo da oben, zu meinem Pech wahrscheinlich in der letzten Etage. Das Gebäude hat geschätzte zwölf Stockwerke.

Schutt und Müll liegen überall, ich muss aufpassen, nicht zu fallen. Das Hotel wurde vom Krieg offenbar nur halb zerstört, denn es fehlt lediglich eine Fassade, so als ob man von außen in ein gigantisches Puppenhaus blicken könnte.

Als ich endlich das Ende des Aufganges erreicht habe und in einen düsteren Flur trete, muss ich mich an der Wand abstützen, um zu Luft zu kommen. Ich habe Seitenstechen und meine Oberschenkel brennen. Dazu keuche ich mir die Lunge aus dem Leib, sodass Storm dank seiner Supersinne längst vorgewarnt sein wird, wo auch immer er steckt.

Das Handycom zeigt mir an, dass ich am Ziel angekommen bin. Behutsam öffne ich eine angelehnte Tür und betrete einen Raum, dessen Außenwand fehlt und den Blick über die Wüste sowie einen atemberaubenden Sternenhimmel freigibt. Mondlicht beleuchtet matt die Einrichtung, eine Kerze flackert in einem Glas auf dem Tisch, daneben erkenne ich das Fläschchen mit den pflanzlichen Tabletten. Das Zimmer wurde einigermaßen von Schutt und Staub befreit und mit Möbeln des ehemaligen Hotels eingerichtet. Ein Wasserkanister und ein Rucksack stehen in einer Ecke. Offensichtlich hat sich Storm häuslich niedergelassen, hier war er also immer, wenn er nicht nach Hause kam.

Ein Bett gibt es nicht, nur eine breite Matratze, die einen Meter von der Abbruchkante der fehlenden Wand entfernt liegt. Dahinter, direkt am Abgrund, steht Storm, mit dem Rücken zu mir. Er hat Shirt und Schuhe ausgezogen und trägt lediglich Jeans.

Ich bringe keinen Ton hervor, mein Blick schweift ständig von ihm zur Matratze. Hat er sich hier mit diesem Luke vergnügt? Allein die Vorstellung, wie sich die beiden nackt darauf gewälzt haben, reicht mir, um meine brennende Übelkeit wieder aufleben zu lassen.

Am Kopfende der Matratze steht ebenfalls eine Kerze im Glas, deren Flamme zittert. Ein aufgeschlagenes Buch liegt daneben, die Seiten werden vom Wind, der ums Haus pfeift, hin und her geblättert.

»Lass mich allein«, sagt Storm plötzlich, ohne sich umzudrehen. Er befindet sich so nah an der Kante, dass ich befürchte, er könnte jede Sekunde abstürzen. Der milde Wüstenwind zerrt an seinem Haar und der Hose.

»Bitte geh vom Rand weg.« Wie erstarrt verharre ich im Raum, aus Angst, eine unbedachte Bewegung könnte Storm zum Fallen bringen.

»Ich stehe jeden Abend hier«, antwortet er.

Vorsichtig mache ich zwei Schritte auf ihn zu. »Die Stelle sieht porös aus. Sie könnte wegbrechen.«

»Das weiß ich«, sagt er ungerührt, wobei er mir weiterhin den Rücken zukehrt.

Oh Gott, er wartet nur darauf! »Verdammt, Storm, ich hab dich nicht zusammengeflickt, damit du dein Leben gleich wieder wegschmeißt!«

Schnaubend lässt er den Kopf sinken.

So behutsam wie möglich mache ich zwei weitere Schritte. »Ich lasse nicht zu, dass du dein Leben wegwirfst, wo ich alles getan habe, um es zu retten. Ice wäre deshalb fast draufgegangen!« Wenn ich ihn schon nicht überzeugen kann, dann helfen vielleicht andere Argumente.

»Das mit Ice tut mir leid.« Als er in die Hocke geht, springe ich fast in die Luft, aber er greift nur nach einem losen Betonstück, um es in die Wüste zu schleudern. »Du hättest dir nicht solche Mühe geben brauchen. Es war Verschwendung.«

Verdammter Kerl!

Langsam schleiche ich näher. »Sag mir doch bitte endlich, was du hast. Rede mit mir!«

Depressionen hin oder her, meine Gefühle gehen mit mir durch. Meine Stimme wird lauter, all der angesammelte Frust bricht sich Bahn. »Hast du überhaupt eine Ahnung, wie *ich* mich fühle? Hast du ein Mal gefragt, wie es mir geht? Du bist unglaublich egoistisch!«

»Besser, du erkennst mein wahres Ich jetzt, bevor es zu spät ist.«

»Komm endlich da weg!« Ich mache einen großen Schritt auf ihn zu, um ihn an der Schulter zurückzureißen, da gibt die Kante unter meinen Schuhen nach.

Für den Bruchteil einer Sekunde starren wir uns an, dann entfährt mir ein schriller Laut, während ich falle.

»Mark!« Blitzschnell greift er nach meiner Hand und geht auf die Knie, mein Arm wird nach oben gerissen und ich spüre einen heftigen Zug in meinem Schultergelenk.

Aber Storm hat mich.

Ich baumle zwölf Stockwerke in der Luft und stehe Todesängste aus. »Lass mich nicht fallen!«, brülle ich wie ein Irrer. Meine überdehnte Schulter schmerzt höllisch, ich schwitze, mein Puls flattert. Der Wind umspielt meinen Körper, zupft an meiner Kleidung und wirbelt durch meine Haare. Panik vernebelt meine Sinne, ich kann kaum noch etwas sehen oder hören.

Storms Stimme dringt wie ein Rauschen an meine Ohren: »Ich lass dich nicht los, aber hör auf zu zappeln!«

Okay, Mark, reiß dich zusammen, oder du wirst sterben!

Ich konzentriere mich auf Storm, schaue nur ihn an, versuche zu vergessen, dass unter mir der Tod lauert.

Storm krallt die Finger der anderen Hand um einen Stahlträger und spannt den Arm an, mit dem er mich hält. Es ist der, durch den die Kugel ging. Sein Bizeps wölbt sich, seine Kiefer sind zusammengepresst, Schweiß bildet sich auf seiner Stirn. Ich sehe alles wie in Zeitlupe. Wenn er mich loslässt, bin ich tot.

Seine Pupillen sind riesig, die Augen wirken fast schwarz, dann kneift er die Lider zusammen und fletscht die Zähne. Unsere Finger werden feucht, mein Gewicht zerrt an seiner operierten Seite. Storms Augen tränen.

Ich gebe mir alle Mühe, mit den Beinen nicht in der Luft zu treten und versuche, mit meiner freien Hand die Kante zu greifen, aber sie bricht immer weg. Mein Atem rast und doch bekomme ich keine Luft, meine Schulter brennt wie Feuer.

Mit einem Schrei reißt er mich in die Höhe, legt die Arme um mich und lässt sich mit mir auf die Matratze zurückfallen.

Ich liege auf ihm, unsere Herzen trommeln aneinander.

Storm schließt die Augen und hält mich fest an sich gedrückt. Seine Lunge pfeift, und ich habe Angst, dass die Anstrengung ihm geschadet haben könnte. Er hat sich zu sehr verausgabt. Meinetwegen.

»Alles okay bei dir?«, möchte ich wissen.

»Okay …«, haucht er.

»Du hast mich gerettet«, sage ich leise, während ich versuche, zu Luft zu kommen und dem Glühen in meinem Schultergelenk nachfühle, das langsam abebbt. Auch mein Handgelenk ist beleidigt.

Storm blinzelt. »Dann konnte ich wenigstens eine kleine Schuld begleichen.«

»Was redest du da?«

»Verflucht, Mark! Du wärst beinahe …« Erneut macht er die Augen zu und dreht den Kopf zur Seite, wieder verschließt er sich vor mir.

Mein Magen ballt sich zusammen. »Ach, tu nicht so, als wärst du schockiert oder besorgt. Du hast mich doch längst in den Abgrund gestoßen!«

Abrupt schaut er mich an, und sein Blick nimmt mir den Wind aus den Segeln.

Eine Träne läuft aus seinem Augenwinkel, zitternd atmet er ein. »Du hättest sterben können!«

Die plötzliche Angst um mein Leben macht mich hellhörig. Empfindet er noch etwas für mich? Jetzt, wo er endlich aufgewacht ist, darf ich nicht locker lassen.

Obwohl mein Herz rast, ich zittere und ich ihm die Luft nehme, bleibe ich auf ihm liegen. Ich habe ihn da, wo ich ihn haben will, wir müssen uns aussprechen! »Ich weiß, dass du mir meinen Verrat niemals verzeihen kannst und du dich hintergangen fühlst. Aber können wir nicht wenigstens wieder miteinander reden? Es bringt mich um, dass ich dich verloren habe.«

»Du bist nicht schuld«, flüstert er erstickt und fährt mit den Fingern in mein Haar.

Dabei stört es ihn nicht, dass meine Tränen in sein Gesicht fallen.

»Mein Verrat wiegt viel schwerer«, wispert er. »Ich habe an eine Lüge geglaubt und habe dich an diese Lügner verraten. Deshalb kann ich nicht mit dir zusammenleben. Immer, wenn ich dich ansehe, kommt alles, was ich verbockt habe, in mir hoch.«

Ich keuche auf. Er wendet sich von mir ab, weil er Schuldgefühle hat?

Ich erkenne an seinem Kehlkopf, wie er schluckt. »Ich bin dir immer aus dem Weg gegangen, weil ich nicht über meinen Fehler reden will.«

»*Dein* Fehler?« Ich kann kaum glauben, was ich höre.

Er räuspert sich und wischt mir eine Träne von der Nasenspitze. »Ich würde es nicht ertragen, wenn du mir deshalb Vorwürfe machst.«

»Storm …« Fassungslos schüttele ich den Kopf und lege meine Hände an seine Wangen. »Ich mache dir keine Vorwürfe, das wollte ich nie. Du hast nur das getan, was du tun musstest. Das Regime hat uns alle verarscht. Du hattest keine Ahnung, du hast deinen Job gemacht!« Mein Herz quillt über vor Hoffnung. »Also deshalb bist du mir aus dem Weg gegangen? Weil du Angst vor diesem Gespräch hattest? Dass ich dir nicht vergeben könnte?«

Er nickt langsam. »Ich weiß nicht, wie ich dir jemals wieder in die Augen blicken kann.«

»Vielleicht, indem wir uns gegenseitig verzeihen und noch einmal ganz von vorne anfangen?« *Bitte, Storm, gib dir einen Ruck!* »Ich vermisse dich.« Nicht nur den Sex. Alles.

Er dreht den Kopf zur Seite und lässt die Arme fallen. »Ich mache dir nichts als Ärger. Ich hatte nicht mal Lust, diesen langweiligen Bibliotheksjob anzunehmen.«

Oh nein, du ziehst dich jetzt nicht zurück!

Ich packe sein Kinn und zwinge ihn, mich anzusehen. »Wolltest du meinetwegen den Job nicht, weil du mit mir zusammengearbeitet hättest?«

»Auch, aber …« Seine Lippen zittern, doch seine Stimme klingt fest. »Er hätte mich immer daran erinnert, dass ich kein Krieger mehr bin. Nutzlos, ohne Wert und ohne passende Aufgabe. Ich habe ja nichts anderes gelernt als zu kämpfen. Und jetzt fällt es mir manchmal schon schwer, einfach nur zu atmen. Ich fühle mich so kraftlos, für alles zu schwach.«

Da ich noch auf seiner Brust liege, rutsche ich an seine Seite und lege den Kopf in seine Armbeuge. »Das wird wieder. Versprochen. Gib deinem

Körper Zeit. Und so schwach bist du nicht, du hast eben achtzig Kilo nach oben gezogen.« Besser, wir wechseln das Thema, doch ausgerechnet dieser Kerl von der Bar fällt mir ein.

»Was läuft mit diesem Luke?« Zärtlich fahre ich ihm über die nackte Brust und versuche, mir meine Eifersucht nicht anmerken zu lassen.

»Ich habe ihn bloß ein Mal geküsst, weil …« Diesmal dreht er den Kopf und schaut mich an. »Weil ich dich vergessen wollte. Aber es hat nicht funktioniert. Ich empfinde nichts für ihn, er bedeutet mir gar nichts.« Als eine neue Träne über seinen Nasenrücken perlt, küsse ich sie weg. Habe ich richtig gehört? In diesem Mann stecken jede Menge Gefühle für mich.

Ich stütze mich auf einen Ellbogen und beuge mich über ihn. »Du bedeutest mir alles, Storm. Alles. Und ich werde tun was ich kann, damit es zwischen uns vielleicht wieder so wird wie früher.«

Ich küsse ihn vorsichtig auf die Wange, da ich ihn nicht wieder erschrecken möchte. Mit der Nase fahre ich über seine Haut. Er riecht so gut.

Storm schließt die Augen, sein Atem geht schwerer. »Ich würde auch alles geben, damit es zwischen uns wieder so wird wie früher«, sagt er leise. »Aber ich weiß nicht, wie ich mit dieser Schuld leben soll. Meinetwegen wärst du in der Wüste fast gestorben, und trotzdem bist du zurückgegangen, um Medikamente zu holen. Ice hätte ebenfalls sterben können …« Ein tiefer Seufzer dringt aus seinem Mund.

Am liebsten möchte ich ihn küssen, stattdessen sage ich: »Jetzt hast du eine Ahnung, wie es mir in White City ging, als ich Geheimnisse vor dir hatte. Es war höllisch.«

Er öffnet die Lider und fährt mit den Händen in mein Haar. Seine Augen schimmern, seine Stimme klingt belegt. »Hol mich aus der Hölle, Mark. Bitte hol mich endlich da raus.«

Er zieht mich am Nacken zu sich und unsere Lippen treffen aufeinander. Gierig. Ohne Hemmungen.

Oh Gott, wie ich das vermisst habe!

Glückshormone fluten meine Venen, mir wird schwindlig vor Glück. Ich muss ihn berühren, seine Brust streicheln und immer wieder in sein Haar fahren, während wir uns küssen.

Storm zerrt mir mein Shirt über den Kopf, und wir ziehen uns rasch aus. Dabei fällt das Küchenmesser klimpernd auf den Boden.

Storm schmunzelt beim Anblick meiner mickrigen Waffe, und ich lächle zurück.

Ich drehe mich auf den Rücken, er legt sich auf mich.

Ich finde keine passenden Worte, wie himmlisch sich sein nackter Körper auf mir anfühlt. Ich liege in einer sinnlichen Glut und genieße die Küsse, die er überall auf meinem Gesicht verteilt.

Storm rutscht tiefer und leckt über meinen Hals, was herrliche Schauer durch meinen Körper treibt. Ich habe das Gefühl zu schweben. Dann werden meine Brustwarzen abwechselnd eingesaugt, er leckt tiefer, beißt zärtlich in meinen Bauch und legt schließlich die Lippen um meine Eichel.

Oh, wie geil! Alles Blut schießt in meinen Unterleib, seine Zunge an meiner empfindsamsten Stelle lässt mich Sternchen sehen.

»Storm …« Ich kralle die Finger in sein Haar und drücke ihm meine Hüften entgegen. Ich hatte fast vergessen, wie schön es mit ihm ist.

Er hebt den Kopf und grinst mich frech an, seine Iriden glühen im Kerzenschein. Dann krabbelt er wieder auf mich, um mich zu küssen, wobei unsere Erektionen aneinanderstupsen.

»Schlaf mit mir«, murmele ich an seinen Lippen. »Ich will dich in mir spüren.«

»Dein Ernst?« Seine Augen werden groß, in ihnen spiegeln sich Unglauben und Erstaunen.

»Mein voller Ernst.« Ich möchte ihm zeigen, wie viel er mir bedeutet und dass ich ihm vertraue. Außerdem will ich es wirklich. Ich will nur noch eins sein mit ihm.

Ich zittere und mein Puls rast, während ich mich auf den Bauch drehe und auf alle viere gehe.

Storm kniet sich neben mich, um meinen Rücken zu küssen. An meinem Nacken macht er Halt und knabbert daran, während er meine Pobacken streichelt. Dabei fährt er ständig zwischen meine Beine.

Keuchend lasse ich den Kopf sinken und genieße die Berührungen. Storm wiegt meine Hoden und streicht mit den Fingerspitzen über meinen Penis.

Plötzlich kniet er sich hinter mich, schiebt meine Pobacken auseinander und versenkt die Zunge dazwischen. Er leckt mich hingebungsvoll, und ich kann mich ihm nur weiter entgegenstrecken und genießen.

Mein Geschlecht zuckt, Hitze rast durch meinen Schoß. Mein Atem geht schwerer, und der Nachtwind kühlt meine verschwitzte Haut. Storm liebt mich in einer Ruine mit freier Sicht zu den Sternen.

Ein Erinnerungsfetzen flackert auf, mein riesiger Screener im Schlafzimmer, der ebenfalls oft einen Sternenhimmel gezeigt hat. Aber der echte ist tausend Mal schöner.

»Bist du bereit?«, raunt Storm hinter mir.

Ich nicke. »Bereit.«

Sein Penis drängt zwischen meine Pobacken und ich versteife mich. Jetzt wird es ernst.

Storm streichelt mir über Rücken und Bauch, bis ich locker lasse. Erst dann dringt er in mich ein.

Ich beiße die Zähne zusammen und warte darauf, dass es schmerzt, spüre jedoch nur einen Druck.

Er schläft mit mir, träume ich auch nicht?

Storm ist so zärtlich und vorsichtig, dass meine Ängste bisher unbegründet waren. Behutsam dringt er tiefer, und ich höre ihn stöhnen. Immer, wenn ich zucke, verharrt er, um mich zu streicheln, obwohl er bestimmt zustoßen möchte.

»Mark«, flüstert er schwer atmend, »das ist der Wahnsinn.«

Er trifft einen Punkt, der mich fast augenblicklich kommen lässt. Mein

Penis zuckt, ein dicker Tropfen drängt aus der Eichel. Storm verreibt ihn und massiert zugleich meine empfindliche Kuppe.

»Ich komme«, sage ich rau. Ich kann den Höhepunkt nicht mehr zurückhalten.

Während er sanft in mich stößt, massiert er meinen Schaft mit kraftvollen Bewegungen. Er in mir, der zarte Dehnungsschmerz, der Druck auf meine Prostata, seine Hand um meine Erektion … So viele erregende Reize auf einmal.

Ein lustvoller Schauder rast von der Wirbelsäule direkt in meinen Schwanz, und schon läuft mein Sperma über seine Finger. Es prickelt tief in meinem Bauch, meine Eichel pulsiert. Seine leicht rauen Fingerkuppen verstärken den Reiz, und ich habe das Gefühl, den heftigsten Höhepunkt meines Lebens zu genießen.

»Mark …« Storm küsst meinen Rücken, und als ich mich vor Wonne schüttle und die Nachwehen auskoste, kommt er ebenfalls. Seine Stöße gehen tiefer, ein dunkles Stöhnen dringt aus seiner Kehle.

Ich weiß nicht, wie lange er sich in mir ergießt, aber er hält mich noch ewig umklammert, den Kopf auf meinem Rücken, während wir zu Atem kommen. Dabei seufzt er vor sich hin, was mich zum Lächeln bringt.

Irgendwann zieht er mich an sich und legt sich mit mir auf die Seite. In Löffelchenstellung schmiegen wir uns aneinander, er ist hinter mir. Seine Lippen knabbern an meinem Ohr. »Ich habe nie aufgehört dich zu lieben.«

Ich halte die Luft an und lasse seine Worte in mir nachklingen. Er. Liebt. Mich.

Erst Sekunden später antworte ich: »Mir ging es genauso. Ich liebe dich.«

Da zieht er mich noch fester an sich und küsst meinen Nacken.

Ich drehe mich in seinem Griff, damit er mein Lächeln sieht. Er soll wissen, wie glücklich er mich macht. Es bedeutet mir alles und erleichtert mich ungemein, dass er mir seine Gefühle gesteht. Er hat erst ein Mal »Ich liebe dich« gesagt. Als er schwer verwundet auf die Station kam. Danach hat er getan, als hätte er mich nie geliebt. Weil er sich gehasst hat. Wahrscheinlich war es für ihn wie eine Erlösung zu denken, er würde sterben, nur zuvor wollte er mir seine Gefühle beichten.

Er hat wohl niemals damit gerechnet, dass er die Schussverletzung überlebt. Ich bin so glücklich, dass er bei mir geblieben ist.

***

Nach unserem Liebesspiel sind wir beide eingeschlafen, aber nun dämmert ein neuer Morgen. Eng umschlungen liegen wir beieinander, und ich genieße den Blick in die Sterne. Storm küsst meinen Nacken. Er stand gerade an der Kante und hat sich erleichtert. Ich werde mich zum Pinkeln garantiert nicht da vorne hinstellen. Der Schock sitzt mir noch in den Knochen.

»Das ist ein wunderschöner Ort«, sage ich und ziehe das Bettlaken höher. Es ist frisch geworden. »Und ziemlich romantisch.«

»Hier habe ich mich freier gefühlt als in der Pyramide«, raunt er. Ich spüre genau, was sich hart an mich schmiegt.

»Nicht nur dir ist die Decke auf den Kopf gefallen, daher habe ich uns ein Haus in der neuen Wohnsiedlung besorgt. Natürlich will ich dich nicht zwingen, mit mir dort einzuziehen und du musst auch ni…«

»Ich würde sehr gerne mit dir zusammenleben«, unterbricht er mich, wobei er mich auf den Rücken dreht und sich auf mich schiebt. »Und ich habe angefangen, deine Pflanzentabletten zu nehmen.«

Er weiß nicht, wie viel mir das bedeutet. Beides. Ich ziehe seinen Kopf zu mir, damit ich seine wunderschönen Lippen küssen kann.

»Wie hast du mich hier eigentlich gefunden?«, murmelt er an meinen Mund.

»Dein Sender-Chip.« Ich fasse in seinen Nacken, dann zeige ich ihm das umgebaute Handycom, das neben der Matratze liegt.

Er nickt. »Hab ich mir gedacht. Ich wünschte, dieses Ding würde aus mir verschwinden. Ich hab schon fast überlegt, es mir rauszuschneiden, weil ich nichts mehr will, was mich an das Regime erinnert.«

»Lässt sich einrichten, ich kann den Chip herausoperieren. Es ist nur ein kleiner Eingriff, geht ganz schnell.«

»Diese Veränderungen brauche ich.«

Ich fahre mit den Fingern in sein Haar. Es ist länger und weicher geworden. »Daher hast du dir auch deine Zöpfchen abgeschnitten.«

»Das hatte einen anderen Grund.« Er seufzt tief. »Bevor ich mit Ice auf diese Mission geschickt wurde, war ich so verzweifelt und wütend auf mich selbst, dass ich ein Messer genommen habe, um mir wehzutun. Ich wollte mich ritzen, einen anderen Schmerz fühlen als den in meiner Seele, aber da hatte ich plötzlich meine Haare in der Hand. Ich war wie von Sinnen, als ich sie mir abgeschnitten habe. Und als ich in den Spiegel gesehen habe, war ich beinahe ein anderer Mann. Mir hat ein Fremder entgegengeschaut, ein zorniger Krieger. Das war echt schaurig.«

Ich kann mir das bildhaft vorstellen und mustere sein angespanntes Gesicht. Doch der alte Storm klingt zwischen den Zeilen durch. Das gefällt mir.

»Vermisst du sie?«, möchte er wissen.

»Ein wenig. Aber mit kurzen Haaren finde ich dich auch sexy. Sehr sogar.«

Seine Brauen schieben sich zusammen, doch er lächelt. »Attraktiver als Dr. Walker?«

Ich glaube, zwischen uns gibt es noch mehr zu klären. »Du weißt, dass ich mal mit Samantha zusammen war?«

»Man hört Gerüchte.« Er grinst schief. »Muss ich eifersüchtig sein?«

»Jax würde mich killen, wenn ich sie auch nur verliebt ansehen würde.« Ich schenke ihm einen verträumten Blick. »Oder das hier machen.« Ich küsse ihn und schiebe ihm schmunzelnd die Zunge in den Mund. »Du brauchst dir keine Sorgen zu machen. Für mich gibt es nur dich.«

***

Natürlich läuft im echten Leben nicht gleich alles perfekt und das habe ich auch nicht erwartet. Storm kämpft noch Wochen nach unserer Versöhnung damit, ein Warrior mit Handycap zu sein. Ihm entfährt das eine oder andere Mal ein Fluch, als wir gemeinsam unseren Garten anlegen. Er kommt beinahe schneller aus der Puste als ich, was ihn ungemein fuchst. Außerdem tut es ihm weh, Jax und seiner Armee beim Training zuzusehen. Jeden Morgen üben die Männer hinter der Pyramide auf einem großen Feld. Von unserem Garten aus können wir sie beobachten. Der Zaun, der die Grundstücke voneinander abtrennt und uns Privatsphäre verschafft, steht noch nicht.

Dafür gibt sich Storm mit mir und unserer Beziehung große Mühe. Er ist weder abweisend noch wortkarg – im Gegenteil. Er plappert in einem fort. Mir zuliebe arbeitet er mit mir zwischendurch in der Bibliothek. Das hat Bürgermeister Forster beschwichtigt. Doch ich merke Storm an, dass ihn das Einscannen von Dokumenten überhaupt nicht liegt. Ich erwische ihn ständig, wie er es sich mit einem Buch im Lesesessel bequem macht. Aber dazu sage ich nichts. Er hat eine Menge Wissen nachzuholen, genau wie wir alle. Und lieber habe ich ihn in meiner Nähe, als dass er sich am Stadtrand bei seinen neuen Freunden herumtreibt oder auf Schlangenjagd geht. Er kann hervorragend mit den Messern umgehen, trotzdem könnte der Biss einer Klapperschlange auch für ihn tödlich sein.

»Die Jungs sind nicht verkehrt«, sagt er, wenn er sie besucht – und das ist in letzter Zeit öfter. Ich will ihm auch das nicht verwehren. Er ist kein Kind, und unserem neu aufgebauten Vertrauen würde ein Verbot schaden. Außerdem kann ich es ihm nicht verdenken, dass er sich nach wie vor wie ein Außenseiter fühlt. Er kann sich nicht einmal der Resurer Stadtwache anschließen, weil er noch nicht fit genug ist. Doch seine Kondition bessert sich mit jedem Tag.

Ich überlege mir Vieles, um sein Leben mit sinnvollen Inhalten zu füllen. Wenn wir nicht arbeiten oder uns lieben – was wir ziemlich häufig tun –, werkeln wir an unserem Haus. Nicht nur der Garten muss angelegt werden, uns fehlen auch noch Möbelstücke. Unser neues Heim sieht verrückt aus und ein wenig chaotisch mit den bunten Wänden und den verschiedenen Stühlen und Schränken, die überhaupt nicht zusammenpassen, daher passt es zu uns und unserer Beziehung.

Da ich Veronica bei vielen Angelegenheiten geholfen habe, hat sie mich gefragt, ob sie die Möbel aus meiner ehemaligen Wohnung in White City in unser neues Haus liefern lassen soll. Aber das habe ich dankend abgelehnt. Ich will hier mit Storm wirklich neu anfangen. Also streifen wir durch ehemalige Hotels und Wohnhäuser, um uns dort alles Nötige zusammenzusuchen. Es macht Spaß, mit Storm unterwegs zu sein, und er kennt eine Menge interessanter Ecken. Jeder neue Tag mit ihm ist ein Abenteuer.

Kapitel 7 – Ein paar Monate später

»Jetzt verrate mir doch bitte endlich, warum ich mich in Schale schmeißen musste?« Ich trage meine beste Anzughose und ein kurzärmliges Hemd. Storm hat mich direkt von der Krankenstation abgeholt und mir die Sachen mitgebracht. Ich musste eine Stunde länger arbeiten, da Samantha mich gebeten hat, sie zu vertreten. Dr. Nixon ist wie vom Erdboden verschwunden, nur ein junger Assistenzarzt aus White City und eine Krankenschwester sind auf der Station. Zum Glück ist es gerade ruhig, und Schwerverletzte werden sofort mit dem Shuttle nach White City gebracht. Trotzdem herrschte heute eine seltsame Stimmung. Hier geht doch irgendetwas vor sich?

Während wir die Pyramide am Haupteingang verlassen und uns durch die Menschenmassen schlängeln, mustere ich Storm. Er sieht in seiner schwarzen Stoffhose und dem weißen Hemd atemberaubend aus. Die Haare hat er mit Gel aufgestylt, und die Sonnenbrille verleiht ihm eine gewisse Coolness. Mein Herz schlägt schneller.

Die Sonne steht tief, und die Hitze des Tages wandelt sich in erträgliche Wärme.

Frech grinst er mich an. »Wenn ich es dir verrate, ist es ja keine Überraschung mehr.«

»Du führst mich zum Essen aus?«

Sein Grinsen wird so breit, dass sich in seinen Wangen Grübchen bilden. »Jipp.«

»Und wo gehen wir hin?« Das einzige Restaurant, das ich kenne, befindet sich in der Pyramide.

»Wir gehen nirgendwo hin. Wir fahren«, antwortet er.

Am Straßenrand parkt ein riesiger kastenförmiger Wagen. Storm öffnet mir die Beifahrertür, und ich klettere hinein, um auf der durchgehenden Sitzbank Platz zu nehmen.

»Woher hast du das Auto?«, frage ich, als er eingestiegen ist und den Wagen startet.

»Hab ich mir von Anne ausgeliehen. War nicht einfach und ich musste ihr auch eine Fahrstunde abringen, aber sie hat wohl eine Schwäche für ehemalige Warrior.« Er zwinkert mir zu. »Hat mir Jax verraten.«

»Na, jetzt bin ich wirklich gespannt.« Das Auto kam mir gleich bekannt vor. Anne hat mir schließlich das Haus vermittelt.

Wir fahren die geräumte Hauptstraße entlang, bis Storm irgendwann in eine schmale Nebenstraße einbiegt. Teilweise muss er Schutt ausweichen. Ich sehe keine Menschenseele, hier ist es unheimlich und wirkt wie eine Geisterstadt.

Ich erschaudere. »Fährst du bis ans Ende der Welt?«

»Wir sind gleich da.« Er biegt in eine breitere Straße, die wieder geräumt ist. Palmen wachsen im Graben, ein Hunderudel kreuzt unseren Weg, und plötzlich sticht ein Gebäude zwischen all den Ruinen geradezu heraus: eine malerische kleine Kapelle. Die Fassade leuchtet in frischem Weiß, das Vordach über dem Eingang ist dunkelblau gestrichen, und hinter dem kleinen Buntglasfenster brennt Licht. Wie durch ein Wunder hat dieses Gebäude den Krieg überlebt.

Vor der Kirche stehen weitere Fahrzeuge, neben denen Storm parkt. Ich kann den Blick nicht vom Eingang wenden, denn davor haben sich all die Menschen versammelt, die in den letzten Wochen und Monaten unsere Freunde geworden sind: Samantha, Jax, Nitro, Sonja, Dr. Nixon, Tim, Veronica, Ice, Crome, Miraja und ihre Ziehtochter Kialada. Sie alle sind festlich gekleidet, nur Jax trägt zu seiner schwarzen Hose Einsatzstiefel. Er ist eben durch und durch ein Krieger. Wahrscheinlich hat er sogar ein Waffenarsenal im Kofferraum.

»Ähm …« Ich räuspere mich. »Ich dachte, du wolltest mich zum Essen ausführen?«

Storm schaltet den Motor ab, dann kratzt er sich im Nacken. »Kommt später, zuvor möchte ich noch etwas anderes erledigen.«

Mein Herz flattert. »Das wird jetzt aber nicht das, wonach es aussieht?«

Er legt den Kopf schief und grinst. »Machst du den Spaß mit?«

Lachend küsse ich ihn. »Auf jeden Fall, du verrückter Kerl.«

Während wir aussteigen und ums Fahrzeug gehen, frage ich leise: »Luke ist auch hier?« Ich glaube, eben einen Blick auf den Mann erhascht zu haben, der hinter Jax stand und in der Kirche verschwunden ist.

»Er hat mir geholfen, die Kapelle zu renovieren.«

Das hat er also immer gemacht, als er sich davongeschlichen hat? Hinter meinem Brustbein wird es warm.

Vor der winzigen Kirche begrüßen wir alle, und Samantha umarmt mich. Sie trägt ein langes weißes Kleid mit tiefem Ausschnitt. Jax kann nicht den Blick von ihr nehmen. »Ich hoffe, du bist mir nicht böse, weil ich dich ausgetrickst habe, aber ich durfte nichts sagen.«

Ich gebe ihr einen Kuss auf die Wange. »Natürlich nicht. Ich freue mich, dass ihr alle da seid. Die Überraschung ist euch gelungen.«

»Gut, dann lasst uns reingehen!« Dr. Nixon klatscht in die Hände, und wir folgen ihm in die düstere Kapelle.

Zu beiden Seiten in dem kleinen Raum stehen Bänkchen, die mit blauen Schleifen dekoriert sind. Und der Weg zum Holzaltar ist mit Kerzen gesäumt, da es in dem Gebäude keinen Strom gibt. Neben dem Altar, in der hintersten düsteren Ecke, sitzt ein alter Mann auf einem Stuhl. Auf seinem Schoß hält er eine Ziehharmonika. Er schenkt uns ein zahnloses Lächeln und spielt eine ruhige Melodie, die mir nicht bekannt vorkommt, aber sie klingt romantisch und verträumt.

Luke sitzt in der dritten Bank und ich nicke ihm zu. Er trägt als einziger keinen Anzug, sondern eine saubere Jeans und ein weißes T-Shirt. Er schenkt mir ein kurzes Lächeln und sieht nicht eifersüchtig aus. Da fällt mir ein

Stein vom Herzen.

Unsere Freunde nehmen vorne Platz, und ich begebe mich mit Storm vor den Altar, bei dem Dr. Nixon auf uns wartet. Ich nehme Storms Hand, da ich das Bedürfnis habe, mich an ihm festzuhalten. Samantha und Jax, offensichtlich unsere Trauzeugen, stellen sich neben uns.

Als alle sitzen und das Lied verstummt, sagt Dr. Nixon in einem feierlichen Ton: »Wir haben uns heute in dieser Kapelle versammelt, weil Kane Archer, euch allen bekannt als Storm, seinem Partner Mark Lamont zeigen möchte, wie viel er ihm bedeutet. Die hier Anwesenden sollen Zeugen sein.«

Ich drücke seine große warme Hand, mein Puls überschlägt sich vor Aufregung und ich zwinkere eine Träne weg. Der Kerl hat mich tatsächlich zum Altar geführt, ich glaub es nicht!

»Liebe macht das Leiden leichter, wenn man es teilt«, spricht Dr. Nixon weiter. »Und diese beiden haben eine Menge Leid geteilt. Aber gemeinsam blicken sie nach vorne.« Er fordert uns auf: »Storm und Mark, bitte wendet euch einander zu und gebt euch beide Hände.«

Wir drehen uns und reichen uns beide Hände. Während mich Storm unsicher angrinst, nehme ich kaum auf, was Dr. Nixon erzählt. Ich bin zu überrascht und aufgewühlt.

»Mark, Storm möchte dir etwas sagen«, höre ich ihn wie aus weiter Ferne, denn ich habe nur Blicke für den Mann, der mir gegenüber steht. Meinem Mann. Meinem Ein und Alles.

Storm dreht kurz den Kopf und schaut zu den Sitzbänken. »Ich freue mich, dass all unsere Freunde heute kommen konnten.« Seine Arme zittern, mir geht es nicht anders. Ich muss mich konzentrieren. Storm will mir etwas sagen?

Natürlich weiß ich, in welche Richtung das hier führt, daher sollte ich umso genauer zuhören, denn Storm ist eher zurückhaltend, wenn es ums Reden geht.

Im Kerzenschein erkenne ich, wie rot sein Gesicht angelaufen ist. »Ich weiß, dass ich dir nicht immer mit Worten zeigen kann, wie wichtig du mir bist, daher habe ich mir das hier ausgedacht und diesmal lange an meinen Worten gefeilt.« Er atmet tief durch und drückt meine Finger. »Ich war so lange Zeit gemein zu dir und abweisend und du hast so viel mit mir durchgemacht und dich trotzdem nicht von mir abgewandt. Du musst wissen, wie viel mir das bedeutet.«

Selig grinse ich ihn an. Das muss eine Warrior-Eigenschaft sein, Samantha hat mir erzählt, dass Jax ihr auch eher mit Taten zeigt, wie sehr er sie liebt. Und Storm wird mit Vorliebe täglich tätig. Nicht, dass ich etwas dagegen hätte. Aber dass er mir das nun alles sagt, überrumpelt mich.

»Ich möchte mit dir leben und dich lieben, jede Nacht in deinen Armen einschlafen und am Morgen neben dir aufwachen, möchte in guten Zeiten mit dir lachen und an schlechten Tagen gemeinsam mit dir gegen alles Üble kämpfen. Ich freue mich darauf, mit dir alt zu werden. Möchtest du das auch?«

Ich räuspere den dicken Kloß in meinem Hals weg und hauche: »Ich will.«

Seine Mundwinkel zucken. »Denkst du, meine Unordnung bis an unser Lebensende ertragen zu können?«

»Ja.« Eine Träne läuft über meine Wange. Ich möchte sie wegwischen, aber ich will Storm nicht loslassen.

»Du bist der geduldigste Mensch, den ich kenne, und du nimmst mich so, wie ich bin. Dafür liebe ich dich.« Seine Augen glänzen feucht.

Auch ich kämpfe mit den Tränen. Storms Worte haben tief an meinem Herzen gerührt. Erneut räuspere ich mich. »Ich bin so überrascht, ich kann spontan nicht die passenden Worte finden, außer: Ich liebe dich auch. So sehr.«

Sein Grinsen füllt sein halbes Gesicht aus, tiefe Grübchen haben sich in seine Wangen gegraben. Er nickt Jax zu, und unser Freund fasst in seine Hosentasche und holt zwei aus Lederschnüren geflochtene Armbänder heraus.

»Hab ich selbst gemacht«, flüstert mir Storm stolz lächelnd zu, während er eins an sich nimmt. Geschliffene türkisfarbene Steine sind zwischen den Schnüren eingearbeitet.

»Sie sind wunderschön«, flüstere ich zurück.

»Nimm dieses Armband als Symbol meiner Liebe«, sagt er feierlich und stülpt es über meine rechte Hand.

Ich nehme Jax das andere Band ab und mache dasselbe bei Storm. Sogar die Worte wiederhole ich, nur weiß ich nicht, ob ich sie tatsächlich laut ausgesprochen habe. Ich stehe total neben mir.

Er hat diese Bänder für uns gebastelt? Als Zeichen, dass wir zusammengehören. Das ist so unglaublich … süß? Gott, nein, das ist wohl das denkbar schlechteste Adjektiv, um einen Warrior zu beschreiben. Cool?

Ja, das ist unglaublich cool.

Dr. Nixon erhebt die Stimme. »Mögen euch diese Armbänder immer an den heutigen Tag und euer Versprechen erinnern. Und möge dieser schöne Tag der Beginn eines neuen Kapitels auf eurer Reise durchs Leben sein. Wir alle teilen eure Freude und wünschen euch ein langes, glückliches Leben miteinander.«

»Kommt jetzt die Stelle, an der ich meinen Mann küssen darf?«, fragt Storm rau.

Als Dr. Nixon »Du darfst« sagt, zieht Storm mich an sich und drückt mir einen verlangenden Kuss auf den Mund.

»Ich liebe dich so sehr«, flüstert er an meinen Lippen. »Du sollst das wissen.«

»Ich werde niemals daran zweifeln.« Ich lächle ihn an und vergesse beinahe erneut, dass wir nicht allein sind. »Aber du brauchst nicht flüstern, es gibt ein paar Anwesende, die hören ohnehin jedes Wort.«

Ich werfe einen Blick auf unsere Trauzeugen. Samantha neben mir schluchzt und tupft sich mit einem Taschentuch die Augen ab, während sich

Jax ein fettes Grinsen nicht verkneifen kann.

Ich freue mich so sehr, dass sie alle da sind. Und ich freue mich über Storms unglaubliche Aktion. Ich umarme ihn fest und küsse ihn stürmisch, während der alte Mann auf seiner Ziehharmonika eine zackige Melodie spielt und unsere Freunde aufstehen und klatschen.

***

Als wir die Kirche verlassen, glaube ich zu schweben. Ist das eben passiert? Storm und ich sind verheiratet?

Dieses Versprechen hätte vor dem Gesetz bestimmt keinen Bestand, aber es zählt für mich trotzdem.

Ich kann seine Hand gar nicht loslassen und muss ihn immerzu angrinsen. Ich beuge mich zu ihm und flüstere in sein Ohr: »Du verrückter Kerl«, dafür ernte ich von ihm ein ehrliches Lächeln.

Ich höre, wie Jax hinter uns zu Samantha sagt: »Komm bloß nicht auf die Idee, dass wir das nachmachen.« Seine Stimme klingt warm und weich, und es hat fast den Anschein, als würde er sich genauso eine Hochzeit wünschen, es aber niemals zugeben.

Samantha lacht. »Bekommt mein gefährlicher Krieger Angst?«

Ich warte, bis der Ziehharmonikaspieler herauskommt und bedanke mich bei ihm für die musikalische Begleitung. Als ich dem alten Mann die Hände schüttle, würde ich ihm am liebsten Geld in die Hand drücken. Er kann es gebrauchen. Doch dann fällt mir ein, dass er damit nichts anfangen kann. Er lebt sicher hier am Stadtrand, genau wie Luke.

»Ich sehe dir an, was du denkst«, flüstert Storm mir zu, als wir kurz ungestört sind. »Ich habe mich schon um alles gekümmert, auch was Pit angeht.«

Pit heißt der alte Mann also. Neugierig schaue ich Storm an.

»Ich sehe ab und zu nach ihm«, erklärt er mir, »bringe ihm etwas zu essen und Wasser.«

In meiner Brust wird es eng. Er kümmert sich um den Mann? Welch großes Herz er hat. Und die Außenseiter scheinen ihm auch ans Herz gewachsen zu sein.

Da tritt Luke zu uns, um sich zu verabschieden. Storm umarmt ihn und gibt ihm einen Klaps auf den Rücken. »Danke, Mann, für alles.«

»Keine Ursache.«

Ich reiche ihm die Hand und bedanke mich ebenfalls, dann verschwindet er mit Pit.

Mittlerweile ist es dunkel. Als wir in die Autos steigen wollen und ich mich bei jedem verabschieden möchte, sagt Storm: »Ich hab noch eine Überraschung für dich.«

»Wir alle!«, ruft Samantha, bevor sie die klapprige Tür eines langgezogenen Wagens betritt, der kein Dach hat, sondern nur eine Frontscheibe. Da es in White City kaum Fahrzeuge gab, bin ich erstaunt über die Vielfalt in

Resur. Jax, Crome und Ice haben sich in der Stadt gut erhaltene Automobile gesucht und sie mit Annes Hilfe zum Laufen gebracht. Vielleicht sollte ich Storm auch demnächst mit einem Wagen überraschen. Es scheint ihm zu gefallen, solch ein Gefährt zu steuern.

Als wir in unsere Straße kommen, sehe ich elektrisches Licht, während die restliche Stadt in Dunkelheit liegt. Das Stromnetz wird weiter ausgebaut, Resur wächst.

Ein paar Kilometer außerhalb gibt es ein gigantisches Stauwerk mit Turbinen, die früher dieser Stadt bereits Strom lieferten. Sobald wir ein eigenes Auto haben, würde ich mit Storm gerne zum Lake Mead fahren und mir alles anschauen. Vielleicht kann ich den Ingenieuren dort helfen, eine der ausgefallenen Turbinen zum Laufen zu bringen. Im Moment arbeiten nur noch acht der ehemals siebzehn. Das wird auf Dauer nicht reichen. Die Stadt wächst rasant.

An der Kuppel von White City werden weitere Sonnenkollektoren befestigt, die uns ebenfalls Strom liefern könnten, aber White City wird sie selbst brauchen. Da die Kuppelstadt nun von allen anderen Partnerstädten abgeschnitten ist, muss sie allein klarkommen und mit ihren Ressourcen haushalten.

»Du hättest Luke ruhig zu uns einladen können«, sage ich, als Storm am Straßenrand parkt.

Er zieht den Schlüssel ab und hebt die Brauen. »Es hätte dir nichts ausgemacht?«

Ich schüttele den Kopf. »Deine Freunde sind auch meine Freunde.«

Er umarmt mich und drückt mir einen Kuss auf den Mund. »Aber Luke hätte das nicht gewollt. Da draußen am Stadtrand existiert noch mal eine andere Welt als hier. Er würde sich bei uns zu Hause zwischen all den Kriegern und anderen ehemaligen Kuppelmenschen nicht wohlfühlen. Doch ich bin trotzdem froh, dass du zu Lukes Anwesenheit Ja gesagt hättest. Das bedeutet mir sehr viel.«

***

Als ich unser Haus betrete, bleibt mir die Luft weg. Unser großer Esstisch ist für alle gedeckt, und in dessen Mitte steht eine riesige Torte. Sie sieht aus wie unser Haus!

»Das ist unser Geschenk für euch«, sagt Miraja. »Crome und Kialada haben mir geholfen.«

»Wow, das ist … Danke!« Ich weiß gar nicht, was ich sagen soll.

»Bedanke dich erst, nachdem du ihn probiert hast«, sagt ihre zwölfjährige Ziehtochter Kialada, die Miraja mit dem schwarzen Haar und dem elfenhaften Gesicht erstaunlich ähnlich sieht. »Den Geschmackstest hat er noch nicht bestanden.«

»Wenn du mitgeholfen hast, wird er sicher köstlich schmecken.« Schmunzelnd umarme ich das Mädchen. »Danke schön.«

Samantha und Jax treten zu uns. »Wir haben ein Teleskop für euch. Ich dachte, das könnte euch vielleicht gefallen. Jax hat es gefunden und wir haben es gemeinsam repariert.« Sie deutet auf ein Fernrohr mit einem dreibeinigen Stativ, das vor der Verandatür steht. »Damit ihr gemeinsam in die Sterne gucken könnt.«

»Das passt perfekt zu diesem romantischen Abend.« Storm umarmt sie und gibt Jax die Hand, ich tue es ihm gleich. Ich bin so gerührt, dass ich kaum sprechen kann.

Dann stehen Dr. Nixon und sein Freund Tim vor uns. Sie schenken uns eine Pflanzenapotheke, die sich in einem kleinen Schränkchen befindet. Das können wir an die Wand hängen. Es enthält viele kleine Flaschen und Teebeutel.

Tim, der um einige Jahre jünger als Dr. Nixon ist, überreicht sie uns. Seine grünen Augen glänzen. »Für alle kleinen Wehwechen ist was dabei.«

Ice und Veronica haben mehrere Blumentöpfe für uns. In ihnen wächst eine Pflanze, wie ich sie noch nie gesehen habe. An den langen grünen Halmen hängen viele rote Blüten, die Miniaturherzen ähneln.

»Ice nennt sie Liebesblume«, sagt Veronica lächelnd. »Sie wächst in einem ehemaligen Nationalpark, den er mit Crome vor Kurzem bei einem Erkundungsflug entdeckt hat. Dort soll es noch viele andere skurrile Pflanzen geben. Sobald der größte Stress vorbei ist, werden wir einen Ausflug dorthin machen. Ich bin schon sehr gespannt.«

Ich beobachte, wie sich Crome und Ice verschwörerisch angrinsen. »Vielen Dank, Veronica, Ice, die Blumen sind wunderschön. Viel mehr bedeutet es mir, dass ihr heute hier sein könnt, obwohl ihr in White City eingespannt seid.«

Als letztes Paar treten Nitro und Sonja zu uns. Der blonde Krieger mit den kurzen Haaren und dem silbernen Ring im Ohr sieht wie ein kühler, brutaler Krieger aus. Eine Narbe ziert sein Kinn, und er lächelt selten. Doch der erste Eindruck täuscht, er ist ein stiller, zurückhaltender Mann, der Sonja auf Händen trägt. Sie hatte sich um ihn gekümmert, als er gefangen genommen wurde, dann hat er sie entführt, er kam wieder in Haft … Die beiden haben eine turbulente Zeit hinter sich, aber das hat sie zusammengeschweißt.

»Ich weiß«, sagt Nitro stockend zu Storm, »dass du nichts möchtest, das aus White City kommt. Doch ich habe hier ein Foto aus unserer gemeinsamen Ausbildungszeit.« Er drückt Storm einen versilberten Fotorahmen in die Hand. Das Bild ist in Sepiafarben gehalten und wurde offenbar »auf alt« gemacht. Es zeigt Storm mit langen Haaren und Nitro mit Igelfrisur. Sie haben sich gegenseitig einen Arm um die Schultern gelegt und grinsen in die Kamera. »Es soll dich an unsere Freundschaft erinnern.«

»Danke, Kumpel«, sagt Storm und umarmt seinen Freund. Die zwei haben in den letzten Wochen wieder zusammengefunden, worüber ich sehr froh bin. Während ich Samantha habe, der ich mein Herz ausschütten kann, hatte Storm nicht wirklich jemanden, der auf seiner Wellenlänge ist. Zwar ist er ab und zu mit Luke unterwegs, aber die beiden kennen sich eben nicht schon seit Jahren und haben nicht zusammen die Warrior-Ausbildung gemacht.

»Und ich hab das hier für euch.« Sonja, die ich als Freundin schätze und ihre Ingenieursarbeit bewundere, schenkt mir einen Umschlag.

Ich ziehe ein zusammengefaltetes Blatt heraus auf dem steht: »Gutschein für einen Tagesausflug zum Staudamm.«

Sonja lächelt mich an und streicht sich eine schwarze Strähne hinters Ohr. »Ich würde am Sonntag ein Shuttle bekommen, dann müssen wir nicht mit dem Auto durch die Wüste. Was sagst du?«

»Kannst du Gedanken lesen? Ich freue mich riesig!« Am liebsten würde ich sie umarmen, aber Nitro schaut etwas grimmig.

Offensichtlich bemerkt sie seine Eifersucht, denn sie nimmt seine Hand und lächelt ihn an. »Unsere Jungs können mitkommen oder sich hier einen schönen Tag machen.«

Storm legt einen Arm um Nitro. »Uns fällt bestimmt etwas Besseres ein, als alte Staudämme anzusehen.« Er entführt seinen Freund an den Tisch zu den anderen Gästen und grinst die riesige Torte an.

Verträumt schaut Sonja ihrem Warrior nach und ich sage: »Ich glaube, die beiden kommen mal gut ohne uns klar.«

»Okay, dann starten wir am Sonntag.« Sonja geht ebenfalls zum Tisch und ich folge ihr. Mittlerweile kann sie ein Shuttle fliegen, Rock hat es ihr beigebracht. Wie viel sich doch verändert hat in den letzten Monaten …

Während wir uns setzen und Storm den Hauskuchen anschneidet, muss ich ihn immerzu ansehen. Er ist nicht ganz der Kindskopf, der er einmal war, und viel erwachsener geworden. Ich kann kaum glauben, dass er das alles auf die Beine gestellt hat. Für mich und unsere Beziehung. Ich bin so stolz auf ihn.

***

Der Abend verlief sehr gesellig, wir haben viel geredet und gelacht. Es tut gut Freunde zu haben, auf die man sich verlassen kann und die immer für einen da sind.

Zwei Stunden später, nachdem das köstliche Kuchenhaus bis auf den letzten Krümel verspeist ist, verabschieden sie sich plötzlich. Storm hat noch eine weitere Überraschung für mich, die offenbar alle kennen, nur ich nicht.

Kann der heutige Tag noch getoppt werden?

Nachdem wir allein sind und er mir befiehlt, das Chaos auf dem Tisch zu ignorieren – er hat versprochen, sich morgen darum zu kümmern, aber das sehe ich nicht ein, natürlich werde ich ihm beim Abwasch helfen –, führt er mich in den Garten.

Er geht am Zaun entlang, um dort fünf Fackeln zu entzünden. Im flackernden Feuerschein erkenne ich einen kleinen Tisch, der für zwei Personen gedeckt ist. Darauf steht ein dreiarmiger Kerzenleuchter, dessen Dochte er ebenfalls anzündet.

»Noch ein Essen?« Verwundert setze ich mich; Storm schiebt mir den Stuhl unter.

Er beugt sich über meine Schulter und murmelt an meine Wange. »Das alles war bisher die Vorspeise. Jetzt kommt das Hauptmenü.«

Meine Haut prickelt, ich schließe die Augen und drehe den Kopf. Aber er küsst mich nicht, sondern leckt nur kurz über meine Lippen. Danach setzt er sich mir grinsend gegenüber.

Am liebsten würde ich mir mein Hemd ausziehen, so heiß ist mir geworden. »Und das Essen kommt nun angeflogen?«

Er zwinkert. »Warte es ab.«

Da geht hinter mir die Tür im Gartenzaun auf und drei Männer betreten unser Grundstück. Jeder trägt ein Tablett. Ich kenne die Leute, sie arbeiten im Restaurant der Pyramide!

Sie servieren uns gebratenes Huhn, mein Lieblingsessen, und schenken Wein in unsere Gläser. Dann verlassen sie uns wieder.

Ich kann ihnen nur wortlos nachblicken.

»Auf uns«, sagt Storm und erhebt sein Glas.

»Auf dich.« Die Gläser klirren leise, als wir miteinander anstoßen, und ich schlucke hart. Seit wann bin ich so nah am Wasser gebaut? Doch Storm überrascht mich heute ununterbrochen.

Der süße Wein läuft meine Kehle hinunter und wärmt meinen Magen. Meine Hand zittert, als ich das Glas zurückstelle. Dabei fällt mein Blick auf das Lederarmband mit den türkisfarbenen Steinen, das er für mich gemacht hat. »Hast du dir das alles selbst ausgedacht? Erst die Kirche, jetzt das Candlelight-Dinner …«

Er stellt sein Glas ebenfalls hin und lehnt sich vor. »Ich habe das wochenlang geplant. Gefällt es dir?«

»Es …« Ich atme tief durch, danach stehe ich auf und umarme ihn. Sein Kopf liegt an meinem Bauch, und ich drücke einen Kuss auf sein Haar. »Bitte verwechsle meine Wortkargheit nicht mit Desinteresse. Ich bin nur viel zu gerührt, um ausdrücken zu können, wie überwältigt ich bin.«

Er umarmt mich ebenfalls, wobei er die Hände frech an meine Pobacken drückt, und reibt seine Nase an meinem Bauch. »Ich weiß, wie du mir später deine Überwältigung zeigen kannst, aber wir sollten essen, bevor das Hühnchen kalt wird.« Er hebt den Kopf und schenkt mir ein freches Grinsen.

Sofort gehe ich in die Knie, um ihn zu küssen. »Okay, erst essen, dann das Vergnügen. Ich sehne mich nach dir, seit wir die Krankenstation verlassen haben. Du siehst heiß aus in deinem Anzug.« Als ob ich meine Worte unterstreichen müsste, fahre ich über seine breiten Schultern und fasse ihm in den Nacken. Ich stehle mir einen Kuss und setze mich wieder.

Am Glanz seiner Augen und den leicht geöffneten Lippen erkenne ich, wie erregt er ist. Daher schlüpfe ich aus meinen Schuhen, lasse meinen Fuß zwischen seinen Beinen höherwandern und drücke ihn auf seine Erektion.

Storm, der gerade einen Bissen genommen hat, verschluckt sich und hustet. Schnell trinkt er einen Schluck Wein nach.

Möglichst unschuldig schaue ich zu ihm, während ich ihn durch die Hose massiere. »Alles okay?«

»Na warte, das gibt später Rache.« Er zieht meinen Fuß weg und schenkt mir einen warnenden Blick. Doch seine Mundwinkel zucken. »Ich würde jetzt gerne mein Hühnchen essen. Und zwar möglichst schnell.« Er lädt sich eine ganze Kartoffel auf seine Gabel und lässt sie im Mund verschwinden. Dabei nimmt er nie den Blick von mir.

Obwohl das Essen lecker riecht und mir das Wasser im Mund zusammenläuft, hätte ich lieber Lust auf Storm. Zu wissen, dass er einen Steifen hat, lässt mich selbst hart werden. »Ich weiß nicht, ob ich nach der Riesenportion Kuchen noch was reinbekomme.«

Provozierend leckt er sich über die Lippen. »Musst du, denn du wirst heute Nacht alle Kalorien wieder verbrauchen. Als Nachspeise bekommst du nämlich mich … rein.«

Mein Penis zuckt und ich unterdrücke ein Stöhnen. Schnell schneide ich ein Stück Huhn ab und schiebe es in den Mund. Es schmeckt köstlich, und die Fasern des Fleisches sind so zart, dass sie auf der Zunge zerfallen.

Erneut hebe ich mein Bein und stimuliere Storm durch die Hose hindurch. Ich will ihn verrückt machen und mit ihm im Bett landen – sofort!

Seine Pupillen sind riesig, und die Flammen der Kerzen spiegeln sich darin. Er sieht teuflisch gut aus. Das Hemd hat er am Kragen geöffnet, weshalb sein Kehlkopf hervorblitzt. Storm schluckt.

»Ich will dich jetzt«, sage ich rau und drücke meine Zehen auf seinen Schaft. »Das Huhn schmeckt kalt auch noch.«

Er springt so schnell auf, dass beinahe der Tisch umfällt. »Du hast recht, das Huhn kann warten. Das hier nicht.« Er zieht mich nach oben, presst mich an seinen harten Körper und küsst mich verlangend.

Storm ist verrückt. Ich liebe diesen Kerl. Weil er so ist, wie er ist.

ENDE

♥♥♥

Nachwort

So, ihr Lieben, eigentlich hatte ich euch ja nur eine kleine Geschichte versprochen. Was soll ich machen – jetzt sind über 140 Seiten (wären es im normalen Taschenbuchformat) daraus geworden.

Ursprünglich wollte ich noch eine Szene schreiben, die etwas später spielt, also genau zu derselben Zeit wie das Ende von »Ice«.

Storm hat sich körperlich so weit erholt, dass er mit Jax und den anderen beim Training mitmachen kann. Jeden Morgen verlässt er über den Garten das Haus und läuft zum Feld, auf dem die Männer üben. Mark beobachtet ihn oft und bewundert das Spiel seiner Muskeln, und Storm lässt es sich wie früher gefallen, wenn Mark kleine Wehwehchen verarztet.

Da Mark gewusst hat, wie sehr Storm Videospiele mag, hat er sich auf die Suche begeben und tatsächlich ein paar alte Videospielautomaten aufgetrieben. Gemeinsam haben sie diese repariert. Auf dem Jahrmarkt zur Einjahresfeier des Falls des Regimes (ihr erinnert euch?) hat Storm ein eigenes Zelt, in dem die Besucher mit den Konsolen spielen können. Mark steht auf diese nostalgischen Erfindungen und freut sich, dass er Storm damit infizieren konnte.

Aber ich fand den kitschig-romantischen Schluss, bei dem alle Protagonisten aus den anderen Büchern noch einmal zusammenkommen, perfekt für ein Ende. Und es passte wunderbar zu Las Vegas – der Stadt, die bekannt ist für ihre große Anzahl an Hochzeitskapellen ;-)

Alles Liebe,
eure Inka

Vorab-Leseprobe

zu

Amy & Jason (Arbeitstitel)

Als kleines Bonbon biete ich euch eine exklusive Vorab-Leseprobe zu meiner neuen New Adult Romance an, die im Sommer 2014 erhältlich sein wird. Da der Titel und der endgültige Klappentext noch streng geheim sind, gibt es diese abgespeckte Version:

Für ihn war es ein Ausrutscher, für sie die Hoffnung auf mehr ...

Die 19-jährige Amy ist seit Jahren in Jason, den besten Freund ihres älteren Bruders, verschossen. Doch Jason sieht in ihr immer noch das kleine Mädchen von früher. Als ihr Bruder die Abwesenheit der Eltern nutzt und im Haus eine Party feiert, kommt es zwischen Amy und Jason zu einer heißen Begegnung. Aber sie währt nur kurz, Hals über Kopf stürzt Jason aus dem Haus in dem Glauben, Amy nie mehr gegenübertreten zu müssen. Aber es kommt anders als gedacht: Eine Woche später treffen sie sich an der Universität wieder. Unmissverständlich macht er ihr klar, dass es keine gemeinsame Zukunft für sie gibt. Trotzdem kann er nicht von ihr lassen, und er verwickelt Amy in ein erotisches Spiel, das droht, ihr Herz in Stücke zu reißen, denn sie kann nicht aufhören, Jason zu lieben.

»Hast du sie noch alle?« Fassungslos starre ich meinen Bruder Rick an, während seine Freunde ins Haus stürmen. Sechs Kerle zwischen fünfundzwanzig und dreißig Jahren.

Jason, den ich neben Sebastian als Einzigen kenne, ist auch unter ihnen. »Hi, Amy!« Grinsend streicht er sich eine dunkle Haarsträhne aus der Stirn, winkt mir zu und verschwindet mit den anderen im Wohnzimmer.

Mein Herz macht einen Satz, mein Gesicht glüht. Nicht nur, weil mich Rick wütend macht, sondern vor allem, weil ich seit Jahren in Jason verschossen bin.

Ich schaue hinaus in den dunklen Vorgarten und erhasche einen Blick auf unsere großen Laubbäume, die wohl bald die Blätter fallen lassen werden. Es ist September, der Herbst im Anmarsch.

Als keiner mehr kommt, schließe ich die Tür. Danach ziehe ich meinen Bruder in die Küche. »Du kannst hier nicht Sebastians Junggesellenabschied feiern!«

Kurz bevor es an der Haustür klingelte, hat Rick mich in sein Vorhaben eingeweiht. Der hat echt Nerven.

Schulterzuckend stellt er Bierflaschen in den Kühlschrank. »Warum denn nicht? Das Haus ist groß genug, und Mom und Dad werden es nie erfahren. Ich pass schon auf, dass nichts kaputtgeht.«

Unsere Eltern machen zwei Wochen Urlaub in der Karibik. Ich wäre gerne mitgeflogen, aber am Montag fange ich mein erstes Semester an der Uni an. Mir ist jetzt schon ganz schlecht deswegen. Keiner meiner Freunde aus Bristol wird dort sein.

Mit Miranda Fitzpatrick werde ich mir eine kleine Wohnung teilen. Gut kenne ich sie nicht, wir haben uns über das Forum der Uni gefunden, weil wir beide auf Zimmersuche waren. Hoffentlich werden wir uns verstehen.

Rick hebt die Brauen und fährt sich durch sein braunes Haar. »Warum bist du eigentlich hier? Ich dachte, du hast jetzt eine eigene Bude in London?«

»Hab ich auch, aber ich wollte übers Wochenende noch meine restlichen Sachen packen.« Am Sonntag möchte ich offiziell in meine Studentenbude einziehen. Es ist nur ein winziges Apartment – besser gesagt: ein Zimmer in einem winzigen Apartment –, doch mein erstes eigenes Zuhause.

Morgen ist es so weit – ich bin so aufgeregt!

Während Rick den Inhalt einer Chipstüte in eine Schüssel leert, spiele ich an einer Strähne meines hüftlangen Haares. Es macht mich nervös, dass Jason gleich nebenan ist. »Du hast doch auch 'ne eigene Wohnung. Warum feiert ihr nicht da?«

»Hallo!?« Seine Augen werden so groß, dass sie ihm gleich aus den Höhlen fallen. »Mel steigt mir aufs Dach, wenn ich bei uns mit den Jungs Party mache. Seit sie schwanger ist, muss ich sie mit Samthandschuhen anfassen.«

Ich frage mich, wie es seine Frau mit ihm aushält. Rick ist ein Kindskopf. Eigentlich sollte er der Vernünftigere von uns sein, immerhin ist er sechs Jahre älter als ich.

Warnend hält er mir den Zeigefinger vors Gesicht. »Kein Wort zu Mom oder Dad. Und ich möchte, dass du oben bleibst!«

»Oben« ist mein Reich, das ich früher mit Rick geteilt habe. Sein altes Kinderzimmer ist jetzt für Gäste reserviert. »Sonst noch Wünsche? Warum muss ich oben bleiben?« Wie soll ich denn dann Jason anhimmeln? Am liebsten möchte ich gleich zu ihm, obwohl ich bestimmt wieder nicht weiß, was ich mit ihm reden soll.

»Mädels haben auf einer Junggesellenparty nichts zu suchen«, murmelt er und möchte mit den Chips ins Wohnzimmer gehen. Musik dröhnt an meine Ohren und ich höre die anderen lachen.

Bevor er zur Tür draußen ist, halte ich ihn am Ärmel fest. »Das kostet dich was.« So leicht kommt er mir nicht davon.

Sein Gesicht verdüstert sich. »Was willst du?«

»Hundert Pfund.«

»Spinnst du?!«

Obwohl unsere Eltern genug Geld haben – Mom ist Hausfrau, aber Dad ist Geschäftsführer eines Softwareunternehmens –, muss ich um Sonderwünsche betteln. Ich würde mir aber so gerne ein neues Smartphone kaufen, doch mir fehlt noch ein Batzen. Und Jason würden hundert Pfund nicht arm machen, er verdient als IT-Experte ebenfalls eine Menge Kohle.

Ich zucke lächelnd mit den Schultern. »Ich kann sie auch gleich anrufen.« Provozierend schaue ich auf die Küchenuhr. »Wie spät ist es jetzt auf Curacao …«

»Ja, okay, du Biest, du bekommst das Geld!« Er schenkt mir einen Blick, der mich töten würde, wenn das möglich wäre. Hastig zieht er den Geldbeutel aus der hinteren Hosentasche und knallt zwei Scheine auf den Tisch. »Aber glaub nicht, dass das jetzt immer so funktioniert!« Damit zieht er ab.

Ich nehme die beiden Fünfzig-Pfund-Noten, stecke sie ein und folge ihm triumphierend.

Bevor er mir die Wohnzimmertür vor der Nase zuknallt, sehe ich Jason für den Bruchteil einer Sekunde auf unserer schwarzen Ledercouch sitzen. Bei dem durchdringenden Blick seiner aschgrauen Augen wird mir heiß und kalt. Wenn ich gewusst hätte, dass er herkommt, hätte ich mir keine Jeans und mein altes Lieblings-T-Shirt angezogen, sondern irgendwas, das seine Aufmerksamkeit auf meinen Körper gelenkt hätte. Er soll meine weiblichen Vorzüge ruhig sehen. Zwar könnten meine Brüste größer sein, mit dem Rest bin ich aber zufrieden. Ich bin schlank und fühle mich fit. Dafür gehe ich auch jeden Tag eine Runde Joggen.

Seit ein paar Wochen sieht Jason mich öfter an, als wollte er mich auffressen. So ganz anders als früher. Darf ich mir Hoffnungen machen?

Jeden Sonntag kommt die ganze Familie hier zum Essen zusammen, Rick mit seiner Frau Melanie, und hin und wieder auch Jason. Seit der Grundschule ist er Ricks bester Freund und gehört quasi zur Familie.

Natürlich versuche ich dann immer einen Platz neben ihm zu ergattern, um ihm so nah wie möglich zu sein. Beim letzten Treffen hatte ich das Gefühl, er hat seinen Oberschenkel absichtlich an mein Bein gedrückt. Mein Körper bebte vor Aufregung und ich habe kaum einen Bissen hinuntergebracht.

Mein Herz rast, während ich neben der geschlossenen Tür stehen bleibe und lausche. Ich liebe Jasons tiefe, melodiöse Stimme.

»Ich wusste gar nicht, dass du so ’ne heiße Schwester hast«, sagt jemand, aber es ist definitiv nicht Jason.

»Wenn du sie auch nur ansiehst, bringe ich dich um«, erwidert Rick, auf einmal wieder der fürsorgliche Bruder. »Und jetzt lasst uns feiern. Wann kommt eigentlich die …«

Ich wende mich ab und gehe nach oben, bevor mich noch jemand beim Lauschen erwischt. Dabei muss ich mich am Geländer festhalten. Meine Knie sind weich wie Kaugummi, und mir geht das Bild nicht aus dem Kopf, wie lässig Jason auf der Couch saß, die Beine leicht geöffnet und die Hände hinter dem Kopf verschränkt. Er trägt eine schwarze Cargohose und ein eng anliegendes T-Shirt, weshalb ich beinahe jedes Detail seines aufregenden Körpers erkennen konnte. Man sieht, dass er regelmäßig Sport treibt.

Überhaupt ist er eine Wucht, es ist nicht allein sein gutes Aussehen, das mich zu ihm hinzieht. Er ist charmant und intelligent, hat immer einen Witz auf Lager und ist ständig gut gelaunt. Seit ich sieben bin, spinne ich ihn an. Damals war er dreizehn und bereits der Schwarm aller Mädchen. Er hatte eine Freundin nach der anderen. Heute lässt er gewiss auch nichts anbrennen.

Bei dem Gedanken, dass er mit anderen Frauen schläft, zieht es hinter meinem Brustbein. Am besten, ich lenke mich ab. Daher schließe ich mich in meinem Zimmer ein, um noch einen Umzugskarton mit Kleidung zu füllen. Da Dad nicht da ist, wird mich meine Freundin Maureen samt Kartons am Sonntag in meine neue Bude bringen. Sie hat ein großes Auto. Ich brauche in London kein Fahrzeug und kann mir die Zusatzausgaben sparen, da man alles mit der Underground oder dem Bus erreichen kann.

Mein Zimmer sieht bereits ziemlich leer aus, nur ein Poster meiner Lieblingsband hängt noch an der Wand.

Irgendwie werde ich mein Zimmer vermissen, genau wie den Ausblick von meinem Balkon in den großen Garten. Meine Minibude liegt mitten in der Stadt – die Natur wird mir fehlen. Hier, in dem kleinen Vorort von Bristol, scheint alles harmonisch und einfach zu sein, was natürlich nicht stimmt, aber es macht zumindest den Eindruck. Meine Eltern hätten gerne gesehen, dass ich in Bristol studiere, aber da gibt es die Kurse nicht, die Jason belegt hat. Ich möchte dort lernen, wo er gelernt hat. Verrückt, oder? Ja, voll verrückt …

Seit zwei Jahren arbeitet er in der Medienfirma seines Vaters und produziert dort erfolgreich Werbefilme. Daher werde ich die Kurse »Film und Fernsehen« und »Digitalfilm« belegen, um ihm irgendwie nahe zu sein. Außerdem könnte ich mir einen Job beim Fernsehen vorstellen. Mit meiner Ausbildung könnte ich zum Beispiel bei einem Film den Ton bearbeiten, hinter der Kamera stehen oder sogar Regie führen. Mir steht fast alles offen. Ich könnte mich später in der Firma von Jasons Vater bewerben, unter Jasons Aufsicht. Ich möchte ihn beeindrucken. Vielleicht beachtet er mich dann einmal wirklich.

Nachdem ich die restlichen Dinge zusammengepackt habe, höre ich Musik, zappe durchs Fernsehprogramm und surfe auf meinem uralten Smartphone im Internet, um mich weiterhin abzulenken, aber das hängt sich ständig auf. Zwei Mal habe ich mich bereits in die Küche geschlichen, unter dem Vorwand, mir etwas zum Trinken zu holen, aber die Wohnzimmertür ist ständig verschlossen, ein weiterer Blick auf Jason verwehrt. Die Jungs grölen und haben Spaß.

Ich könnte Rick verfluchen, dass er mir das antut!

Eine weitere Stunde später ziehe ich mich fürs Bett um und krieche bloß mit Slip und T-Shirt bekleidet unter die Decke.

Obwohl es auf Mitternacht zugeht, kann ich nicht einschlafen. Zwar ist die Musik unten endlich leiser geworden, aber allein zu wissen, dass mein Schwarm sich in unserem Haus amüsiert, bringt mich durcheinander. Ich bin neunzehn, längst ein großes Mädchen und meine Gefühle deshalb keine Schwärmerei. Ich liebe Jason mit allem was ich bin. Jede Nacht stelle ich mir beim Einschlafen vor, wie er mich küsst, streichelt und »Ich liebe dich« sagt.

Okay, das klingt jetzt nach kleinem Mädchen, aber meine Fantasien haben sich in den letzten Jahren kaum geändert. Vielleicht, weil ich nicht weiß, wie es sonst sein könnte. So viel Erfahrung mit Jungs habe ich nicht.

Früher hat Jason oft im Zimmer nebenan bei Rick übernachtet, schon da habe ich mir gewünscht, er würde sich zu mir rüberschleichen, in mein Bett kriechen und mit mir schmusen – doch jetzt möchte ich mehr.

Alles.

Ich drehe mich auf den Bauch und drücke die Schenkel zusammen, um das angenehme Pochen zwischen den Beinen zu erhöhen. Jason ist in meiner Nähe und ich kann ihn nicht haben. Ab Montag, wenn ich auf die Uni gehe, werde ich ihn noch seltener sehen, da ich nicht jedes Wochenende heimkommen kann. Ich muss ihn mir endlich aus dem Kopf schlagen! An der Uni gibt's bestimmt viele süße Jungs, da wird schon einer für mich abfallen.

Ach, Amy, wenn du nicht so verklemmt wärst, hättest du schon längst einen festen Freund.

Meine Freundinnen können es nicht fassen, dass ich noch Jungfrau bin. Aber ich finde, nur ein besonderer Kerl hat verdient, dass ich ihm mein erstes Mal schenke. Daher habe ich bisher nur rumgeknutscht und gefummelt, bevorzugt mit Chris, meinem ehemaligen Partner aus dem Tanzkurs. Aber es wurde nie etwas Festes draus, weil ich alle Jungs immer mit Jason vergleiche.

Aber Jason ist auch kein Junge, sondern ein richtiger Mann.

Meine Hand stiehlt sich zwischen meine Schenkel und in meinen Slip. Mein Kitzler klopft im Takt meines Herzens, möchte gestreichelt werden. Als ich ihn berühre – immer Jason vor Augen – schießen glühende Impulse in meinen Unterleib. Ich drücke fester zu, weil ich das gerne habe, und werde feucht. Ich wage es nur einen Finger hineinzuschieben. Das geht problemlos, aber bei Tampons nehme ich nur die kleinste Größe, da es beim Herausziehen oft unangenehm ist. Falls mein Jungfernhäutchen mir deshalb Probleme macht, könne er es durchschneiden, hat mein Frauenarzt gesagt. Allein der Gedanke! Nein, dann nehme ich lieber ein paar Schmerzen in Kauf. Ob mein erstes Mal deshalb sehr wehtun wird? Ich hab ein bisschen Bammel davor.

Während ich mich streichle, stelle ich mir vor, Jasons Finger würde in mir stecken. Mein Herz rattert vor Erregung, leise stöhne ich ins Kissen. Jason, ja … Meine Klit pocht stärker, mein Inneres zieht sich zusammen.

Plötzlich höre ich Schritte vor meinem Zimmer. Eine Tür fliegt zu, kurz darauf vernehme ich, wie jemand im Stehen pinkelt und die Klospülung rauscht.

»Rick«, knurre ich und stöhne frustriert auf. Meine Lust ist verflogen. Muss der Kerl so einen Lärm machen? Außerdem muss ich jetzt immer daran denken, dass er nebenan ist. Wie soll ich es mir da selbst machen?

Ein Grund mehr, mich auf meine eigenen vier Wände zu freuen.

Die Musik ist aus. Ob die Jungs nach Hause gefahren sind? Ob Jason noch da ist?

Ich setze mich auf und sehe unter der Schwelle Licht hindurchscheinen. Dann schalte ich die Lampe auf meinem Nachttisch ein. Der Wecker zeigt ein Uhr.

Angestrengt lausche ich, wann Rick das Badezimmer verlässt, denn meine Blase macht sich ebenfalls bemerkbar. Außerdem möchte ich mir die Finger waschen. Sie riechen nach meiner Lust.

Doch er kommt einfach nicht raus. Daher laufe ich die Treppe nach unten, da gibt es auch eine Toilette. Doch kurz nachdem ich den winzigen Raum betreten habe, gehe ich rückwärts wieder raus. Igitt! Die Klobrille ist nach oben geklappt und auf dem Rand der Keramik sind zahlreiche Urinspritzer. Männer können solche Schweine sein!

Da nehme ich doch lieber die obere Toilette.

Zuvor werfe ich jedoch einen Blick ins Wohnzimmer, um mir einen Eindruck vom Grad der Verwüstung zu machen. Es stehen zwar überall Bierflaschen herum und Chips liegen auf dem Parkettboden, ansonsten ist nichts kaputt, Dads heißgeliebter Flachbildschirmfernseher und seine Stereoanlage heile. Zum Glück sind Ricks Freunde alle weg, zumindest sehe ich keinen von ihnen betrunken auf dem Boden lümmeln. Nachher kotzen sie hier noch alles voll.

Aber schade, dass Jason nicht auf der Couch liegt. Ich hätte ihn beim Schlafen beobachten können.

»Den Dreck darf Rick morgen allein wegräumen«, murmele ich und reiße die Augen auf, als ich einen roten Stringtanga auf dem Wohnzimmertisch entdecke. Was hat der hier zu suchen? Mir wird heiß und kalt. Meiner ist es nicht. Hatten die Jungs Frauen hier? Rick meinte doch, Mädchen hätten auf der Party nichts zu suchen. Das darf er mir erklären.

Als ich wieder im ersten Stock ankomme, ist das Badezimmer immer noch belegt. Diesmal läuft die Dusche.

Mann! Ich hab keinen Bock, ewig zu warten. Mittlerweile bin ich hellwach und stinksauer. Sobald Rick dort rauskommt, werde ich ihm meine Meinung sagen.

Aber er kommt nicht und ich muss immer dringender.

Ach, was soll's, ich geh jetzt einfach. Vorsichtig drehe ich am Knauf. Es ist nicht abgesperrt, die Dusche läuft. Als wir Kinder waren bin ich auch vor ihm aufs Klo gegangen, außerdem bekommt er es vielleicht gar nicht mit.

Ich betrete den Raum, in dem Dampfschwaden bis unter die Decke wabern, und ziehe schnell den Slip nach unten. Wenigstens ist die Klobrille sauber.

Den Blick auf die Duschkabine gerichtet, hocke ich mich hin und lasse das beschlagene Glas nicht aus den Augen. Rick bewegt sich dahinter, ich erkenne nur eine verschwommene schemenhafte Gestalt. Zum Glück, ich will ja keinen Augenkrebs bekommen. Zwar ist mein Bruder nicht hässlich und hat eine ansehnliche Figur, aber nackt muss ich ihn nicht zu Gesicht bekommen.

Obwohl er mich nicht sehen kann, fühle ich mich beobachtet und kann mich nicht entspannen. Daher zähle ich in Gedanken von zehn rückwärts. Das ist mein altbewährter Trick, wenn ich auf fremden Toiletten nicht sofort kann.

Zehn, neun, acht, sieben, sechs, fünf … Endlich klappt es, erleichtert atme ich auf und putze mich schnell ab. Spülen – fertig.

Als ich am Waschbecken stehe, stellt er die Dusche aus. Ich höre, wie die Tür der Kabine aufgeht, dann Jasons erschrockene Stimme: »Verdammt, ich dachte, du wärst Rick!«

Mein Puls schießt auf 180, während ich herumwirble und die nassen Hände an meinem T-Shirt abwische. »Das dachte ich von dir auch!«

Tropfnass steht er vor mir und hält sich hastig die Hand vor sein Geschlecht. Doch zu spät. Ich habe alles gesehen. Alles! Seine muskulöse Brust, den flachen Bauch, den Streifen schwarzer Härchen unterhalb des Bauchnabels, der den Weg zwischen seine Beine weist, und … Oh mein Gott! Hat er einen Ständer? Oder einen halben? Oder ist der immer so groß?

»Dann warst du eben pinkeln?«, fragt er und schnappt sich ein zusammengelegtes Handtuch aus dem Regal. Kurz dreht er mir den Rücken zu, um sich den Frottee um die Hüften zu wickeln.

Jetzt hat sich auch noch sein knackiger Po in meine Netzhaut gebrannt. Wieso tut er mir das an?

»J-ja, das war ich, aber ich dachte, du wärst Rick und … so.« Peinlich! Peinlich! Peinlich!

Unter seinen brennenden Blicken komme ich mir nackt vor. Vergeblich versuche ich, mein viel zu kurzes Shirt über meinen Slip zu ziehen.

Wenn ich gewusst hätte, dass ich Jason über den Weg laufe … Ich sehe aus wie eine Vogelscheuche. Mein Haar ist ein einziges Chaos und der rosa Lack blättert von meinen Zehennägeln.

Jason tritt näher, sodass ich seine Brust vor Augen habe. Seine Nippel sind steif, Tropfen perlen darüber. Schwarze Pünktchen umrahmen seine Brustwarzen. Er rasiert sich. Tiefer wage ich nicht zu schauen.

»Ich frage mich«, sagt er rau, »warum wir für Sebastian eine Stripperin bezahlt haben. Du hättest auch für uns auf dem Tisch tanzen können.«

Entsetzt weiche ich zurück, bis sich das Waschbecken in meinen Rücken bohrt. »Ihr hattet eine Stripperin im Wohnzimmer?!« Hoffentlich hat kein Nachbar etwas mitbekommen. »Wenn das Mom und Dad erfahren! Dann hängt der Haussegen aber für mindestens ein Jahr schief.«

»Eure Villa ist von so viel Bäumen und einer Mauer umgeben, da hat niemand etwas bemerkt.«

Ich werde Rick trotzdem umbringen!

Jason weicht keinen Millimeter zurück, sondern mustert mich unverfroren. »Wow, aus dir ist eine echt heiße Frau geworden.« Seine grauen Augen funkeln.

»Du bist betrunken«, sage ich, obwohl ich davon kaum etwas wahrnehme, außer dass er ein wenig nach Bier riecht.

Betrunkene und Kinder sagen immer die Wahrheit, schießt es mir durch den Kopf.

»Ich bin nicht mal beschwipst. Höchstens ein bisschen angeheitert.« Er grinst schelmisch, und dieses Lächeln geht mir durch und durch.

Er findet mich also heiß? Obwohl ich so zerzaust aussehe? Ich könnte vor Freude in die Luft springen. »Was machst du noch hier?«, will ich wissen und lege meine Hände an seinen Bauch, um ihn sanft wegzudrücken.

Wie weich seine Haut ist. Die Muskeln darunter zucken. Jasons Blick wirkt verklärt, als ich zu ihm aufsehe.

Plötzlich weicht er abrupt zurück, dreht mir den Rücken zu und geht zum Hocker neben der Duschkabine. Darauf liegen seine Sachen. »Rick hat gemeint, ich kann hier schlafen.« Rasch schlüpft er in eine eng anliegende schwarze Shorts.

Sein Hintern ist eine Wucht! Dazu die breiten Schultern, die schmalen Hüften, die leicht behaarten Beine … Er ist durch und durch ein richtiger Mann.

»Und was macht Rick gerade?«, frage ich mit belegter Stimme. Mein Körper steht in Flammen, nur weil ich Jason nackt sehe. Ich seufze leise, während ich sein feuchtes Haar betrachte, das sich im Nacken leicht wellt.

Grinsend wirft er einen Blick über seine Schulter. »Pennt schon, aber ich bin noch nicht müde.«

»I-ich auch nicht.« Himmel, diese Grübchen in den Wangen! Jason, dich muss man einfach lieben.

Er lässt das T-Shirt zurück auf den Stuhl fallen. »Gut, dann können wir ja noch was zusammen machen.«

Mein Kopfkino läuft auf Hochtouren. »Was denn?«, bringe ich kaum hörbar hervor.

»Vielleicht einen Film gucken?«

Warum zieht er sich denn nicht weiter an? Will er mich aus der Ruhe bringen? Das hat er längst. »Ich hab meinen DVD-Spieler schon eingepackt.«

»Eingepackt?« Seine Brauen schieben sich zusammen und er kommt erneut auf mich zu.

»Hat dir Rick nicht erzählt, dass ich umziehe? Ich werde auf die Uni gehen.« *Auf dieselbe, auf der du warst*, möchte ich hinzusetzen, traue mich aber nicht. Meine Freundinnen halten mich ohnehin für total bescheuert, weil ich mein Leben nach Jason ausrichte, da muss er nicht denken, dass ich mich wie ein verrückter Fan oder ein Stalker verhalte.

Ein Schatten huscht über sein Gesicht. »Nee, Rick redet doch nur noch von seinem ungeborenen Kind.«

Ich sehe ihm an, wie sehr er den alten Rick und die gemeinsamen Unternehmungen vermisst, aber das Leben nimmt nun einmal seinen Lauf. Trotzdem sage ich: »Seit Mel schwanger ist, wirkt Rick tatsächlich etwas verwirrt.«

»Hm«, brummt er und verlässt das Badezimmer.

Ich folge ihm, um ihm eine gute Nacht zu wünschen, doch anstatt das Gästezimmer zu betreten, öffnet er meine Tür.

»Hey«, zische ich, doch zu spät – Jason ist bereits drin.

»Ich will doch nur sehen, wie du so lebst oder ob du noch ein Kleinmädchenzimmer hast.«

Im schwachen Licht der Nachttischlampe wirkt der Raum nicht ganz wie eine Rumpelkammer, aber mit den zahlreichen Kartons sieht es ziemlich unordentlich aus. Erneut schäme ich mich vor Jason. All die Jahre hat es ihn nicht interessiert und kaum herrscht hier das Chaos ... Nicht aufregen, Amy, durchatmen.

Er wandert zwischen den Kisten herum und murmelt: »Du ziehst ja tatsächlich aus, Kleine.«

Schnell schließe ich die Tür, damit Rick nicht aufwacht.

Jason ist in meinem Zimmer! Und er hat mich »Kleine« genannt, sein Kosewort für mich, wenn er früher nett zu mir war und nicht mit Rick die kleine Schwester geärgert hat.

»Hast du gedacht, ich schwindle dich wegen des DVD-Spielers an?«

Er schmunzelt. »Früher warst du Weltmeisterin im Lügen.«

»Die Phase hab ich überwunden.« Betreten schaue ich auf meine nackten Zehen. Er hat also mitbekommen, was ich mir ständig für Ausreden habe einfallen lassen, damit mich er und Rick ins Kino oder zur Eisdiele mitnehmen. Ich wollte meinem Schwarm eben nah sein.

Ich räuspere mich, das Schweigen ist unangenehm. »Ja, ich hab bald mein eigenes Zimmer in einer WG.«

Er schnaubt. »Sponsored by Daddy?« Darauf reitet Jason immer wieder herum. Er hat doch selbst einen Vater mit Geld und deshalb einen sehr gut bezahlten Job in dessen Firma ergattert.

Meine Hände ballen sich zu Fäusten. »Ich werde im Kino jobben!« Natürlich bezahlen mir meine Eltern die Miete, aber für alle Extras möchte ich selbst aufkommen.

»Da bin ich ja mal gespannt«, erwidert er überheblich und baut sich breitbeinig vor mir auf, die Arme vor der Brust verschränkt, sodass seine beeindruckenden Muskeln zur Geltung kommen.

Wieso ist er plötzlich so eklig? Mein Puls klopft hart in meinen Ohren. Zum einen, weil dieser Kerl so verdammt sexy aussieht, wie er nur in Unterhosen in meinem Zimmer steht, zum anderen, weil mich sein arroganter Ton ärgert. »Hey, wenn du nur zum Stänkern gekommen bist, kannst du verschwinden!« Resolut deute ich auf die Tür.

Seine Mundwinkel zucken. »Du hast ja richtig Feuer im Blut.«

Plötzlich kommt er auf mich zu, woraufhin ich zurückweiche, bis ich mit dem Rücken gegen die Wand stoße.

Er stützt die Hände neben meinem Kopf ab und beugt sich zu mir herunter. Seine Lippen berühren beinahe meinen Mund.

Oh Gott, sie sehen so verführerisch aus! Wie oft habe ich davon geträumt, von diesen sündhaft geschwungenen Lippen geküsst zu werden.

»Wo wirst du denn studieren?«, fragt er.

»In London«, bringe ich kaum hörbar heraus. Nicht direkt im Zentrum, aber im Südosten, an der University of Greenwich. Aber das alles kann ich ihm nicht sagen, weil er mir die Luft nimmt. Er duftet nach meinem Duschgel, ich fühle seinen Atem auf meinen Lippen, rieche erneut das Bier, das er getrunken hat.

»Vielleicht können wir uns ja mal auf einen Kaffee treffen, denn ich werde auch in London sein«, raunt er, ohne zurückzuweichen. Dabei mustert er mein Gesicht.

Für einen Moment bin ich sprachlos und kann ihn nur anstarren, jedes Detail in mich aufnehmen: seine große aber gerade Nase, die dichten Wimpern, die grauen Augen. Was passiert hier? Ich möchte ihn fragen, ob sein Vater ihn nach London beordert hat und wo er dort arbeitet, aber ich bin zu durcheinander. Jason wird in meiner Nähe sein!

Und im Moment ist er mir verdammt nah. Darf ich mich trauen und ihn berühren?

»Kaffee wäre schön«, hauche ich. Ob Jason hört, wie laut mein Herz klopft?

»Ich weiß, dass du in mich verknallt bist, seit du so klein warst«, murmelt er und fasst an meine Hüfte. Dort lässt er die Hand liegen, und die Wärme seiner Haut brennt sich durch den Stoff meines Shirts.

Himmel, er hat es mitbekommen! Natürlich hat er es mitbekommen, er ist ja nicht dumm. »Ich äh …«

Seine Lippen streifen meinen Mund und ein elektrisierendes Kribbeln schießt in meinen Unterleib. »Unterbrich mich nicht, Kleine, ich war noch nicht fertig«, sagt er sanft, aber bestimmt.

Vorsichtig nicke ich.

»Ich hab dich auch immer süß gefunden, Amy. Deine Stupsnase und die Sommersprossen. Und die winzige Lücke zwischen deinen Schneidezähnen.« Mit dem Zeigefinger der anderen Hand gleitet er über meine Unterlippe.

»Jason …« Ich kann nur auf seinen Mund starren. Was soll ich denn machen? Zögerlich lege ich die Hände an seine Hüften. Jasons Haut ist unglaublich weich.

Er zuckt nicht zurück, drängt sich sogar noch fester an mich.

»Jetzt bist du kein kleines Mädchen mehr.« Seine Stimme klingt zunehmend heiser. »Endlich können wir es miteinander treiben.«

»Was?« Ich muss mich verhört haben. Treiben? Im Sinne von: mit mir schlafen?

Angestrengt schlucke ich, all meine Muskeln beben. Ich ziehe die Arme zurück und lasse sie kraftlos nach unten hängen. Träume ich?

Er lächelt unsicher, rückt aber nicht von mir ab. »Du willst mich doch immer noch.«

Seine heißen Blicke ruhen weiterhin auf mir, gleiten tiefer. Unverfroren schaut er in meinen Ausschnitt. Ich trage keinen BH.

Allein seine Musterung entflammt meine Nerven, mein Atem rast, meine Brustspitzen prickeln und stoßen gegen den Stoff. »Willst du mich denn?«, wispere ich. So unendlich lange habe ich auf diesen Moment gewartet, mir tausend Versionen ausgemalt und jetzt weiß ich nicht, was ich tun oder sagen soll, bin wie gelähmt.

Er umschließt mein Handgelenk und presst meine Finger auf seinen Schritt. »Schau, was du mit mir machst, Kleine.«

Er ist steinhart. Jason hat einen Steifen!

Langsam lässt er mich los, doch ich nehme die Hand nicht weg, reibe sanft über die Beule, taste durch den Stoff seiner Shorts an dem Schaft entlang. Er fühlt sich ungewohnt groß an, wahrscheinlich, weil ich noch nie einen Mann dort berührt habe.

Stöhnend schließt Jason die Augen und bewegt die Hüften. »Amy … wenn du wüsstest, was ich von dir möchte, würdest du davonlaufen.«

»Ich habe keine Angst«, sage ich leise, fahre über den flachen Bauch nach oben und streichle seine Brust. Wie muskulös sie ist. Alles an ihm ist hart und gut in Form.

Er reißt die Augen auf, schaut mich wie ein Raubtier an. »Weil du keine Ahnung hast.«

Ich nehme all meinen Mut zusammen und wispere dicht an seiner Wange: »Ich will dich immer noch, Jason. Schon so lange.«

Ungestüm trifft sein Mund auf meine Lippen. Jasons Kuss ist heiß und feucht, und ich versuche ihm mit meiner Zunge entgegenzukommen, doch er drängt sie zurück, als wäre er der Stärkere in einem Spiel. Ich schmecke den Alkohol, den er getrunken hat: Bier und vielleicht auch Wein. Aber das macht mir nichts aus, denn es ist Jason, der mich küsst, mein Jason!

Sein Körper bedeckt meinen, seine Erektion presst sich an mich.

Als er kurz zurückweicht, da er Atem holen muss, schlüpfe ich wagemutig mit der Hand in seine Shorts, umfasse den heißen Schaft, drücke zu. Wie samtig sich die Haut anfühlt und wie hart der Kern darunter. Vor Aufregung dreht sich alles vor meinen Augen. Ich fasse Jason an!

»Amy, spiel nicht mit dem Feuer«, knurrt er beinahe.

Er hat doch angefangen und gesagt, er wolle es mit mir treiben! Will er nun einen Rückzieher machen? Für einen Moment wirkt er tatsächlich unentschlossen.

Doch mir macht die Sache Spaß. Außerdem macht sie mich an. Jason macht mich an, seine dominante Art, einfach alles an ihm.

Es ist zu spät, um aufzuhören. Mein Körper steht in Flammen, ich bin wie im Rausch. Es ist mir sogar egal, dass mein Bruder in der Nähe ist. Aber er liegt längst im Bett, und ich weiß: Wenn er Alkohol getrunken hat, schläft er wie ein Bär im Winter. Das ist meine Chance, mir endlich Jason zu schnappen, ihm zu zeigen wie erwachsen ich geworden bin.

»Du bist ein Luder, Amy, ich hab das niemals von dir …« Er keucht, als ich mit dem Daumen über die glatte Spitze seiner Eichel streiche. Sie ist feucht, mehr Tropfen dringen aus dem kleinen Schlitz. Sein Schaft zuckt zwischen meinen Fingern. Ob ihm das gefällt?

Plötzlich reißt er meine Hand heraus und hält sie fest. »Noch nicht, Kleine, erst bist du dran.« Er fährt unter mein Shirt und umschließt eine Brust, drückt und wiegt sie, als würde er Ware begutachten. Seine leicht rauen Hände schicken wohlige Schauder durch meinen Körper. »Du hast ein tolle Figur«, raunt er und zwirbelt sanft meinen Nippel. »So sexy …«

Himmel, was macht er mit seinen Händen? Was stellt er mit mir an? Hat er einen verborgenen Schalter an mir gefunden, den er aktiviert hat? Seine Berührungen sind wie Stromstöße und zucken durch meine Nervenbahnen, bringen alles in mir zum Schwingen. Ein Schwall Feuchtigkeit ergießt sich in meinen Slip, nur weil Jason meine Brüste verwöhnt. Dabei geht er nicht sanft um, als wären sie zerbrechlich, sondern packt kräftig zu.

Als mir ein kehliger Laut entweicht, hält er mir den Mund zu. »Du musst leise sein.« Mit seiner großen Gestalt drückt er mich fester gegen die Wand.

Ich atme gegen seine Finger und versuche, keinen Laut mehr von mir zu geben, während er meine Brüste massiert, doch es fällt mir so schwer. Seine Hand auf dem Mund macht mich nur noch mehr an.

Langsam nimmt er sie weg und macht: »Scht.« Dann schiebt er mein Hemd hoch und saugt meinen Nippel ein.

Stöhnend vergrabe ich die Finger in seinem feuchten Haar. Es fühlt sich weich wie Seide an. »Wenn du das machst, kann ich nicht leise sein.«

»Du musst, beherrsche dich.« Sein heißer Atem streift meine empfindlichen Knospen; hart leckt er sie, bis sie sich fest zusammengezogen haben.

Er küsst tiefer, knabbert an meinem Bauch, leckt um den Nabel und zieht meinen Slip herunter.

»Jason!« Ich lasse ihn los und stehe wie erstarrt an der Wand. Mein Herz rast. Er wird sehen, wie feucht ich bin. Peinlich!

Er kniet vor mir und begutachtet meine intimste Stelle. Dabei berührt er sie nicht, sondern starrt sie einfach nur an. Er ist so nah, dass mich seine Nase beinahe anstubst. »Du bist ja schon ganz feucht.«

Ich möchte mich in Luft auflösen.

Er zieht meinen Slip tiefer und ich steige aus dem Stoff, wobei meine Knie so heftig zittern, dass ich Angst habe, umzufallen. Mein kurzes Shirt reicht knapp bis zum Venushügel, ich komme mir nackt vor. Nervös kralle ich die Finger in den Saum.

Weitere Gay Romances:

♥♥♥

Inka Loreen Minden

verboten gut

Wenn ein Anruf dein Leben verändert …

So ergeht es Josh. Der Medizinstudent lernt an seinem ersten Tag an der neuen Universität den Kommilitonen Marc kennen und verbringt mit ihm eine heiße Nacht – bis Marcs Handy klingelt. Danach ist nichts mehr, wie es war.
Ein Unglück, das vor vielen Jahren geschah, stellt die junge Liebe der beiden auf eine harte Probe. Niemals dürfen sie beisammen sein, aber das Begehren ist zu groß ...

Über die Autorin:

Inka Loreen Minden, die auch unter den Pseudonymen Lucy Palmer, Mona Hanke (Erotik), Loreen Ravenscroft (Romantasy) und Monica Davis (Jugendbuch) schreibt, ist eine bekannte deutsche Autorin erotischer Literatur. Von ihr sind bereits über 30 Bücher, 6 Hörbücher und zahlreiche E-Books erschienen, die regelmäßig unter den Online-Jahresbestsellern zu finden sind.
Neben einer spannenden Rahmenhandlung legt sie Wert auf eine niveauvolle Sprache und lebendige Figuren. Explizite Erotik, gepaart mit Liebe, Leidenschaft und Romantik, ist in all ihren Storys zu finden, die an den unterschiedlichsten Schauplätzen spielen.

Mehr über die Autorin auf ihrer Homepage:
www.inka-loreen-minden.de
www.monica-davis.de

Gay Historical Romance:

The Captain's Lover – Sklave seiner Sehnsucht

Auf der Karibikinsel Barbados kauft Captain Brayden Westbrook einem Sklavenhändler den jungen Offizier Richard ab, der als Einziger ein Schiffsunglück überlebt hat. Brayden trägt den misshandelten Soldaten auf seine Fregatte, um mit ihm die Heimfahrt nach England anzutreten. Der Captain ist fasziniert von dem jungen Mann, und auch Richard kann sich seiner Gefühle nicht erwehren. Doch in London angekommen, soll es für sie keine gemeinsame Zukunft geben ...

Im dritten Gay Historical von Inka Loreen Minden gibt es ein Wiedersehen mit Dr. Adam Reece und Sir John aus TEMPTATIONS!

Erschienen im Dead Soft Verlag, erhältlich als Taschenbuch und E-Book.

13181344R00060

Printed in Poland
by Amazon Fulfillment
Poland Sp. z o.o., Wrocław